W0348117

RÊVES DE GOSSE

DU MÊME AUTEUR

Pas vu, pas pris, Éditions Jets d'Encre, 2016

Le code de la propriété intellectuelle n'autorisant, aux termes de l'article L. 122-5, 2° et 3°a, d'une part, que les « copies ou reproductions strictement réservées à l'usage privé du copiste et non destinées à son utilisation collective » et, d'autre part, que les analyses et les courtes citations dans un but d'exemple et d'illustration, « toute représentation ou reproduction intégrale ou partielle faite sans le consentement de l'auteur ou des ayants-droit ou ayants-cause est illicite » (art. L. 122-4). Cette représentation ou reproduction, par quelque procédé que ce soit, constituerait donc une contrefaçon sanctionnée par les articles L. 335-2 et suivants du Code de la propriété intellectuelle.

Éditions Jets d'Encre
81 avenue du Bac
94210 Saint-Maur-des-Fossés
www.jetsdencre.fr

ISBN : 978-2-35523-601-3

Grégory Lahmy

RÊVES DE GOSSE

JETS D'ENCRE ÉDITIONS

RÊVE DE GOSSE

Gary avait tant de fois entendu son père lui parler de sa passion. Les histoires des Fangio, Senna, Schumacher étaient légion. Quand ce n'étaient pas les hommes, c'était la mécanique. V12, pneus 18, 22 ou 24 pouces, carburateurs, engrenages, distribution. Son père parlait des voitures comme d'autres parlent de Dieu. D'ailleurs, il s'agissait bien d'une adoration ! Alors quand sa « supercar » (nom que l'on donne aux voitures d'exception) devait être libérée à 16 heures, qui d'autre que son père se serait tenu à ses côtés ? Il s'agissait d'une Lamborghini Gallardo 5.0, un V10 de 520 chevaux, dont l'alimentation par injection lui conférait une puissance de 8 000 tours minutes. Couleur : orange. Un rêve de gosse qui se réalisait.

La porte papillon s'ouvrit et Gary s'installa dans le siège baquet. Il attacha sa ceinture. Tout n'était que luxe et puissance. Même à l'arrêt, l'engin semblait prêt à se cabrer et à bondir. La paume de ses mains caressa le volant. Lut-il dans les yeux de son père de la fierté, de l'envie ou une sorte de bonheur vécu par procuration ? Il ne manquerait pas de lui donner tous les détails de son trajet une fois arrivé à bon port.

À peine le moteur fut-il allumé que les vibrations résonnèrent au plus profond de ses entrailles. La voiture ne demandait qu'à s'exprimer. Il n'avait même pas effleuré la pédale que déjà les hurlements du monstre donnaient des signes d'impatience.

Le long de l'avenue Daumesnil, la frustration fut sa première compagne. Vitesse maximum autorisée : 50. Impossible de passer ne fût-ce que la troisième vitesse. Maigre consolation, l'engin attirait le regard de tous les badauds. Alerté par le bruit sourd, hypnotisé par la fantastique ergonomie, aucun ne se dérobait à la vue d'un tel bolide. Certains, prenant à la dérobée une photo hâtive, enorgueillirent Gary. Le port de tête haut. Le regard fier. Une puissance qui ne demandait qu'à faire parler les décibels.

En passant le long du zoo de Vincennes, son regard fut attiré par une girafe qui le surplombait d'une belle hauteur. Mais déjà la route s'élargissait, le périphérique, puis l'A13 direction la Normandie.

Se sentant bridée, la voiture commençait à donner des signes de nervosité. Gary caressa l'accélérateur. Une réaction disproportionnée le secoua. La propulsion transmise par les quatre roues motrices fit passer le compteur de 130 à 180 kilomètres/heure. Adhérant parfaitement à la route, il lui semblait que l'engin anticipait sa volonté. Que l'alliance de la légèreté à la maniabilité lui permettait de conduire par la pensée.

Il ne lui sembla pas ralentir au péage tant les vibrations imprégnaient son corps. Le caissier lui fit un sourire, mais aussitôt Gary appuya fermement sur la pédale. La Lamborghini donna l'espace d'un maigre instant tout son potentiel. Elle passa de 0 à 220 kilomètres/heure en à peine 2,4 secondes. Gary sentit son dos s'écraser contre le dossier, sa tête se déporter vers l'arrière, ses mains se raffermir sur le volant, ses épaules se durcir. Pendant ce moment, il avait fait corps avec la machine. Mais déjà le temps fugace de l'accélération était passé. Trop bref. Il roulait à près de 100 kilomètres/heure au-dessus de la vitesse autorisée, mais l'allure était morne et insipide.

Grisé par la vitesse et trop confiant dans la voiture, son assurance était sans mesure, le trafic quasi nul et une route à quatre voies lui laissant le temps d'anticiper. Gary eut vite des élans sauvages. Il fit gronder le moteur, peu lui en fallut pour atteindre 260. Tout son être était tourné vers l'horizon. Il ne conduisait plus, il pilotait.

Le compteur venait d'indiquer 280 quand il aperçut la voiture de police qui l'avait pris en chasse. L'adrénaline coulait dans ses veines. Peut-on vraiment raisonner normalement quand on est lancé à 280 kilomètres/heure sur l'autoroute ? Il n'expliquera pas pourquoi, au lieu de ralentir, il écrasa la pédale d'accélération de tout son poids. La seule idée qui lui vint dans l'instant fut d'appuyer sur le bouton « turbo » situé au-dessus de la boîte de vitesses. L'aiguille du compteur reçut une décharge et jaillit à 340.

Le cœur battant, cramponné comme jamais au volant, ce fut un instant de grâce. Il aurait juré que la voiture s'était mise à voler. Qu'elle ne touchait plus le sol. Lui-même était en état d'apesanteur. Dans un large virage, il dut faire un effort surhumain pour maintenir son corps en place et résister à la forcer centrifuge qui le déportait contre la portière. Un hélicoptère venait d'apparaître au-dessus de lui. Il le suivait à bonne distance. Le vent, la vitesse, le bruit, la mâchoire serrée, Gary eut une prise de conscience.

Un tressaillement. Infime. À peine l'eût-on pu sentir. La secousse était-elle d'origine mécanique ou autre ? Il n'en fallait guère davantage pour ramener le pilote à la triste réalité. Il ôta son pied de l'accélérateur et tenta d'enclencher le frein. Une pression légère. Insuffisante. Une pression plus ferme. Trop tardive. Force fut de constater qu'il n'avait plus le contrôle de l'engin. Le trafic se densifiait. Rien de ce qu'il pourrait faire ou défaire ne lui viendrait en secours. Il comprit qu'il s'arrêterait, mais pas de son fait.

Immobile. Incarcéré. Son regard groggy fut attiré par le gyrophare du camion de pompiers situé à proximité. La tête lui tournait. À tâtons, il tenta de défaire sa ceinture de sécurité. Il était trop maladroit. Un homme accourut à lui. Il s'agenouilla. Défit la ceinture, l'harnacha de ses deux mains vigoureuses sous les épaules et le tira jusqu'à lui. Il le prit dans ses bras. Il semblait vouloir lui dire quelque chose :

— Tu m'entends ? Je te préviens, c'est le dernier tour et on arrête ! Alors, tu veux monter dans l'hélicoptère ou sur la girafe pour attraper la queue du Mickey ?

— Non. La voiture ! Encore la voiture !

PAPA, LE FOOT ET MOI

À toi, mon fils.

Ce matin, au petit déjeuner, mon papa est tout excité. Je vais à mon premier match de football et mon papa a déjà vérifié mon sac trois fois. Il me dit que lui aussi il a commencé le foot à six ans, que les matchs c'est beaucoup mieux que les entraînements et qu'on va bien s'amuser. Mais ça commence mal, ma petite sœur a fini toutes les céréales :

— Lalou, t'exagères !

— Non, je suis pas xagère !

Ma maman me donne d'autres céréales et me demande ce que j'ai retenu du livre d'histoires qu'on a lu hier soir avant de dormir.

— Napoléon était un grand empereur, il a conquéri... Il conquéra... Il conquéru ? je demande avec un sourire.

— Il conquit, répond ma maman.

— Il conquit l'Europe en passant par la Belgique, sûrement parce que c'était à côté, puis il fit la guerre à l'Angleterre, et perdit une bataille à côté d'une gare, et on l'envoya en prison sur une île où il y avait la belle Hélène. Mais il s'évada à la nage probablement, ou en bateau, mais ça m'étonnerait que les prisonniers aient le droit de faire du bateau... Et il retourna en Angleterre. À l'époque, la mort était la première cause de mortalité ! Alors que maintenant, on peut très bien mourir en dormant et se réveiller mort. Donc il est retourné en Angleterre pour faire la guerre, pas comme le général de Gaulle, qui, lui, y allait pour faire de la radio. Puis il prit sa retraite en Russie, où les deux hommes connus sont Lénine et Stallone...

— Mange tes céréales, on va être en retard au foot.

Mon père est impatient comme si c'était lui qui allait jouer.

— T'es content d'aller au foot, Eliot ?

— Bah... oui, je réponds, un peu pour lui faire plaisir. Qu'est-ce qui est plus grand que la tour Eiffel et qui ne pèse rien ?

— Je ne sais pas, mange tes céréales !

— Son ombre ! Et quel est le fruit que les poissons détestent le plus ?

— Eliot ! Ça suffit. Mange tes céréales maintenant. On ne va quand même pas être en retard à ton premier match ! gronde mon père.

Après avoir encore vérifié mon sac, on embrasse ma maman et ma sœur comme si on partait pour un long voyage. C'est une belle journée comme il y en a parfois à la rentrée, on roule fenêtres ouvertes, je vais retrouver tous mes copains et mon papa est de très bonne humeur.

— Alors ? me demande mon père avec un sourire.

— Alors rien. Arrête de me parler de Charlotte, ce n'est plus mon amoureuse. Arrête de m'embêter avec ça.

— Je ne parlais pas de ça, mais... Pourquoi ce n'est plus ton amoureuse ?

— Arrête je t'ai dit ! C'est pas tes affaires.

— ...

— Bon, je te raconte mais tu ne te moques pas, promis ?

— Promis, répond mon papa sans rigoler.

— Charlotte a dit à Jeanne qui a dit à Adrien qu'elle n'est plus amoureuse de moi. Et je le sais parce que c'est Simon qui me l'a dit parce que c'est Andréa qui l'a dit à Simon, et Andréa il est copain avec Adrien. Alors je préfère arrêter d'être amoureux d'elle avant qu'elle croie que je l'aime encore alors qu'elle, elle ne m'aime plus.

— C'est d'une logique imparable, fiston ! me répond mon père.

Et puis, après un court instant, il ajoute :

— Mais moi, j'ai bu un café avec la maman de Charlotte hier et elle m'a dit que sa fille était toujours amoureuse de toi.

Ça me fait super-plaisir d'apprendre ça ! Elle est belle Charlotte, c'est la plus belle de toute l'école. Les autres disent que c'est un garçon parce qu'elle joue au foot, mais moi je m'en fiche.

— Alors ? répète mon père.

— Alors quoi ?

— Alors, quel est le fruit que détestent le plus les poissons ?

— La pêche !

Mon papa et moi on se met à rigoler tous les deux. Je lui fais plein de devinettes pendant le trajet et c'est super-cool.

En arrivant au stade, j'ai bien envie de faire du vélo, mais mon père me dit qu'il faut jouer au foot et qu'on n'a pas le choix. C'est bien dommage de jouer au football par un temps pareil, alors qu'on pourrait faire du vélo...

On entre dans un minuscule vestiaire surpeuplé. Entre les joueurs, les parents, les amis, et les accompagnateurs, il y a au moins vingt personnes dans une pièce toute petite. Papa me tire pour nous frayer un chemin jusqu'à un coin de banc. Tout le monde crie pour se faire entendre. Claire, notre entraîneuse, prend la parole en forçant sur sa voix :

— Un seul adulte pour aider les enfants à s'habiller, tous les autres sortent du vestiaire !

Les gens partent, Charlotte me fait un sourire, moi aussi. Elle est jolie avec ses longs cheveux bruns, non seulement elle joue au foot, mais en plus c'est sa maman qui l'amène. C'est quand même bizarre, une maman qui amène sa fille jouer au foot... ! D'ailleurs, elle n'est pas contente car sa mère lui a pris des chaussettes rouges, et nous avons tous des chaussettes blanches. Alors Charlotte dit qu'elle veut être habillée comme tout le monde et que c'est pas parce que c'est une fille qu'elle doit mettre des chaussettes rouges.

La maman de Charlotte n'a pas l'air très à l'aise. Les papas savaient, eux, qu'il fallait des chaussettes blanches. Heureusement, Dan a deux paires de chaussettes, il propose à Charlotte de lui prêter les blanches car il en a des noires aussi et il a très envie de jouer avec ses chaussettes noires. Dan est sympa, il nous parle toujours d'un but qu'il a marqué mais personne ne se souvient plus de quand c'était.

Pendant que Claire nous distribue les maillots, Simon est en grande discussion avec son papa. Il veut mettre son maillot à l'envers pour avoir le numéro devant, pour que tout le monde puisse le voir. Alors son papa lui explique qu'il faut le mettre comme tout le monde, mais Simon n'en fait qu'à sa tête. Simon s'y connaît en foot, il a déjà vu un match à la télévision et il a même un vrai ballon de football. Claire propose à Simon de garder son maillot à l'envers jusqu'au match mais de le mettre à l'endroit avant de jouer. Simon accepte et son père a l'air soulagé.

Mon papa me met un brassard autour du bras. Je lui demande si quelqu'un est mort, parce qu'une fois j'ai vu à la télévision des joueurs qui avaient un brassard à cause d'un mort. Mon papa me dit que personne n'est mort mais que je suis le capitaine. Dan n'est pas content car il aurait bien aimé être le capitaine lui aussi, mais son papa n'a pas pensé à lui acheter un brassard.

Le cinquième joueur de l'équipe s'appelle Crevette, il est très maigre et il ne parle jamais, c'est pour ça qu'il est souvent tout seul. Le dernier joueur de l'équipe est David, on l'appelle le Gros David quand il n'est pas là.

Claire nous fait un discours :

— On va jouer deux matchs de vingt minutes sur un petit quart de terrain à six contre six : Charlotte gardienne de but, Crevette, Simon et David arrière, Eliot et Dan devant.

Nous sortons des vestiaires et descendons les escaliers sous les applaudissements des accompagnateurs. Pendant dix minutes, nous prenons différentes poses pour les photos. Moi avec mon brassard de capitaine, Dan avec ses chaussettes noires, Simon avec son maillot à l'envers, Charlotte avec ses gants tout neufs, Crevette qui a l'air absent comme d'habitude, et David qui montre ses muscles alors qu'il est gros.

L'entraîneur adverse arrive et dit à Claire qu'on est en retard et qu'il faut y aller. Mais Dan a envie de faire pipi. Et Simon aussi. D'ailleurs, on a tous envie d'aller faire pipi. Claire, l'air contrarié, nous dit qu'elle avait demandé si quelqu'un voulait y aller avant de fermer la porte des vestiaires. Moi je lui dis que je n'avais pas entendu. Simon lui dit qu'il avait entendu, qu'il a fait avant mais qu'il a aussi envie de faire après. Claire ouvre la porte des vestiaires et nous retournons tous à l'intérieur. Crevette demande à son père si ça y est, si c'est fini le foot. Son papa lui dit que non, que ça n'a pas encore commencé, et Crevette a l'air déçu.

Au moment de repartir, Claire s'aperçoit que Charlotte n'a pas sa chaussure gauche. Charlotte lui dit qu'elle l'a enlevée car les chaussettes de Dan lui grattent le mollet. Alors Claire retourne dans les vestiaires pour chercher la chaussure tandis que l'entraîneur adverse est revenu pour savoir si oui ou non on est prêts à jouer le match.

Les papas, les mamans, tous les accompagnateurs se sont agglutinés derrière la barrière, ils sont tous en train de nous crier quelque chose. Charlotte se place entre les deux plots qui forment les buts, Simon essaye de faire plus de deux jongles avec son ballon et Dan me demande de lui prêter le brassard, si en échange il marque un but. Marquer un but, ça ne va pas être facile, il y a un très grand dans l'équipe d'en face, il doit avoir au moins sept ans !

Claire, qui arbitre, siffle le coup d'envoi. Aussitôt, nous nous ruons tous sur le ballon et tentons de taper dedans. Le groupe de dix joueurs se déplace sur le terrain en fonction de la localisation du ballon. Crevette s'arrête car il n'entend pas ce que son papa lui dit.

— Reste à droite, démarque-toi, joue en triangle, lance Dan dans la profondeur ! lui crie son père.

Mais ce n'est pas vraiment le moment de jouer du triangle, et Dan n'acceptera jamais qu'il le lance quelque part... Je rejoins Charlotte et le gros David qui sont accroupis car Charlotte a trouvé quelque chose. Un insecte qui ressemble à une coccinelle, mais en aplati. Il est posé sur une brindille. Les coccinelles, ça porte bonheur quand elles s'envolent, alors David prend la brindille et la jette en l'air. Charlotte se met à pleurer parce que c'est elle qui avait trouvé la coccinelle aplatie. Claire siffle et nous gronde pour qu'on reste concentrés. Simon lui demande si, s'il y a un penalty, il pourra le tirer. Claire lève les yeux au ciel et siffle pour que la partie reprenne.

Les parents sont très enthousiastes et très concentrés. Ils hurlent tous à leurs enfants : « Plus à droite, plus à gauche, reviens, vas-y, cours ! » Mais le très grand d'en face arrive à toute allure, balle au pied. Je pense à lui barrer la route, mais le très grand est vraiment très grand. Alors je le laisse passer et il tire dans le but vide parce que Charlotte était en train de retirer ses chaussettes parce qu'elles lui grattent les mollets.

Claire n'est pas contente du tout. La maman de Claire tente d'entrer sur le terrain mais elle se fait gronder par Claire parce qu'on n'a pas le droit de marcher sur la pelouse avec des talons aiguilles. Charlotte ne veut plus être gardien parce qu'on est tout seul et on s'ennuie. Crevette demande à aller dans les buts parce que lui, il aime bien être tout seul.

Le match reprend et c'est quand même dommage d'être menés 1-0 à cause de cette histoire de chaussettes. Crevette fait des plongeons tout seul dans les buts pour s'entraîner. Dès le coup d'envoi, David tamponne un petit qui tombe et Claire siffle la faute. Simon prend le ballon pour aller tirer un penalty. Claire lui reprend pour le donner au très grand. Il shoote de toutes ses forces et Crevette a à peine le temps d'esquiver la balle avant qu'elle rentre dans les buts. Crevette me regarde d'un air soulagé, comme pour me dire : « Ouf, elle n'est pas passée loin celle-là ! »

Claire siffle la fin du match. On a perdu 2-0 mais David est content car c'est l'heure de déjeuner.

Le père de David ouvre plein de Tupperware, il y a du couscous, des boulettes, du poulet, des briques à l'œuf, des petits sandwichs au thon, des boules au miel, et je crois qu'on va bien se régaler. Mais David nous dit que tout ça c'est pour lui tout seul et qu'on n'a qu'à demander à manger à nos papas ! Le mien me donne un sandwich avocat-saumon-mozzarella dans du pain de mie mais sans la croûte. Charlotte ne veut pas manger le sandwich que sa mère a acheté, alors mon papa lui donne un des miens et Charlotte me fait encore un sourire. Crevette ne veut rien manger et son père, qui est quand même un peu gros, s'énerve car il ne mange jamais rien. Simon tire des penaltys avec son papa et Dan met un foulard autour de son bras pour être lui aussi capitaine. En regardant les papas de Crevette et David, je demande à mon père :

— Pourquoi Crevette est maigre et David est gros, alors qu'ils ont tous les deux un papa gros ?

— Je ne sais pas, me répond mon père, probablement parce que Crevette tient de sa mère. Tu veux du jus d'orange ou de l'eau ?

— Il tient de sa mère ? Et pourquoi on tient de sa mère et pas de son père ?

— C'est comme ça, c'est la vie, me dit mon père. Tu sais il n'y a pas d'explications pour toutes les choses. Probablement parce que ce sont les femmes qui accouchent... Tu veux de l'eau ou du jus d'orange alors ?

— C'est quoi... « qui accouchent » ?

— Je ne sais pas, je ne suis pas une femme ! Tu demanderas à maman... Tiens, prends du jus d'orange, ça te donnera des forces.

Claire nous appelle car nous allons faire un autre match contre une équipe en bleu. Simon demande à Claire pourquoi nous on joue en vert alors que nous aussi on est la France. Claire nous dit qu'on est verts car c'est la couleur de notre ville, mais que si on joue très bien on pourra jouer en équipe de France.

Simon revient nous voir tout excité et nous dit que si nous battons les bleus, on pourra jouer en équipe de France. Dan est sûr qu'on va gagner car il n'y a plus le très grand, mais David nous dit que s'ils jouent en équipe de France, ils doivent être très forts. Crevette se plaint à son père car il a déjà joué au foot tout à l'heure et il n'a pas envie de recommencer. Charlotte, accroupie, est à la recherche d'une autre coccinelle aplatie. Et Simon ajoute que c'est dommage qu'il n'y ait pas eu de penalty car sinon on aurait sûrement gagné ! Tous les papas sont en train d'expliquer à Claire comme il faut faire pour gagner, mais elle n'a pas l'air très intéressée.

Avant que le match reprenne, David dit à Claire qu'il a mal au ventre et qu'il veut faire caca. Mais le papa de David est parti plus loin pour jouer au foot avec d'autres papas et Claire n'est pas contente du tout. Heureusement, la maman de Charlotte propose d'amener David aux toilettes. J'en profite pour demander à Charlotte, qui est une fille, comment elle accouche.

— C'est le soir après manger, je me couche et ma maman vient me lire une histoire.

David revient et le match peut commencer. Dès le coup d'envoi, on essaye tous de shooter dans le ballon et les papas nous crient dessus, comme pour nous gronder, mais avec le sourire. Et puis Claire siffle pour arrêter la partie. Le papa de Simon est au milieu du terrain au téléphone. Il ne s'entendait pas parler à cause des pères qui criaient alors il s'est mis un peu à l'écart sur la pelouse. Il s'excuse, retourne derrière la barrière, et le match reprend. Dan, sans vraiment le faire exprès, marque un but. Je n'avais jamais vu Dan aussi content. Il fait tout le tour du terrain en courant et on lui saute tous dessus. Tous, sauf Charlotte et Crevette qui ne voient pas l'intérêt de se jeter par terre sur les autres. Puis, dès le coup d'envoi, Charlotte prend un coup dans le nez et se met à pleurer. Elle dit qu'elle saigne, qu'elle a mal et que c'est très grave ! Mais Claire lui dit qu'elle ne saigne pas et que ce n'est pas grave du tout. En attendant, Dan et David commencent à discuter.

— Tu connais Christophe Colon toi ? demande David.

— Non, répond Dan. C'est un joueur de football ?

— Non, c'est un explorateur. C'est un Espagnol, ou un Portugais, je ne sais plus, mais c'est presque pareil. Il cherchait la route d'une épicerie et il naviguait pour voir où est le bout du monde. Car il croyait que la Terre était plate et qu'on pouvait tomber si on allait au bord. Finalement il a découvert l'Amérique, il l'a colonisée, et c'est sûrement pour ça qu'on l'appelle Christophe Colon.

— Et comment il savait que c'était l'Amérique ? demande Dan.

— Bah, il a reconnu la statue de la Liberté, pardi ! conclut David.

Claire finit de mettre de l'eau sur le nez de Charlotte, le match reprend mais on commence à en avoir marre de jouer au football. Surtout qu'on prend un but parce que Crevette avait oublié qu'il était gardien et qu'il est parti chercher son papa sur le terrain d'à côté. Son papa, il avait l'air de drôlement s'amuser avec les autres papas et il lui a dit de retourner jouer avec ses copains. Crevette lui dit que le foot, ça ne l'amuse pas du tout.

Comme il y a 1-1, Claire organise une séance de tirs aux penaltys où chaque équipe tire cinq fois. Mais David est déjà parti aux vestiaires, alors on n'en tire que quatre. Avant de s'apercevoir que Simon tire des penaltys avec son père de l'autre côté du stade, alors on n'en tire que trois. Mais Crevette ne veut plus aller aux buts, Charlotte accepte d'y retourner mais elle ne veut pas tirer les penaltys car gardien c'est dur et elle ne peut pas faire les deux. Finalement, chaque équipe tire trois penaltys.

Je n'avais pas remarqué qu'il y avait autant de monde ! Il y a des gens partout derrière les barrières, dans les tribunes, et tout autour du terrain. C'est assez impressionnant. On a l'air tout petits au milieu de cette foule qui nous regarde. Les adversaires marquent le premier penalty et nos papas ont l'air d'être un peu déçus. Quand Dan s'avance pour tirer le premier penalty, j'ai mon cœur qui bat à mille à l'heure. Tous les gens ont arrêté de discuter et Dan tire dans un silence comme à l'église. Il marque et explose de joie, il court le long de la barrière et se fait applaudir par tous les spectateurs. Au passage je vois mon papa, celui de Dan et celui de Crevette qui se prennent dans les bras et qui sautent sur place. Le tireur de l'autre équipe marque et immédiatement nos papas redeviennent très sérieux.

Je m'avance pour tirer. Claire me dit que ça va aller. Mais ça ne va pas du tout. Finalement, moi, je m'en passerais bien de tirer les penaltys. Je shoote, et dès que le ballon entre dans les buts, je cours le long de la barrière pour faire comme Dan, mais je suis surtout très soulagé de ne pas avoir raté. Le dernier tireur de l'équipe adverse tire, et le ballon va directement sur le nez de Charlotte, qui se met à pleurer. Surtout qu'elle saigne un peu alors ça doit sûrement être grave. Tout le monde la félicite d'avoir arrêté le but, mais elle continue à pleurer la tête en arrière avec un coton dans le nez. Dan lui dit que le coton est devenu rouge et qu'elle aurait dû mettre ses chaussettes rouges pour être assortie. Comme elle se met à rigoler, tout le monde se met à rire. Les gens sortent du terrain et Claire dit à Crevette que s'il marque, on a gagné.

Crevette s'élance, glisse, se rétablit, arme sa frappe et son pied racle le sol avant de taper le ballon. Un rebond à droite, un autre à gauche et le ballon d'une trajectoire bizarre finit par rentrer dans les buts. Crevette court alors à son tour le long de la barrière pour se faire applaudir. Tous les spectateurs entrent sur le terrain et le papa de Crevette le met sur ses épaules. Des tas de gens qu'il ne connaît même pas viennent le voir pour le féliciter. Crevette est super-fier ! Il n'arrête pas de sourire. L'inverse de Simon, qui vient d'arriver et qui comprend qu'il a raté la séance de penaltys. Les papas discutent et décident de se mettre dans les buts. On leur tire des penaltys chacun notre tour pendant une demi-heure. Et ça, c'est beaucoup plus marrant que de jouer au foot...

À la remise des médailles, les gens n'arrêtent pas de nous applaudir, qu'est-ce que c'est chouette ! On se regarde avec les copains et on est super-contents. Même Crevette dit qu'à partir de maintenant il adore le foot. Le monsieur qui a le micro appelle le capitaine pour lui remettre une coupe. Après un moment d'attente car le capitaine ne vient pas, Claire vient me rappeler que c'est moi car j'avais oublié. La coupe est vraiment très grosse, et très lourde. Le monsieur veut m'aider à la porter mais je lui enlève la main avec un coup d'épaule et je la lève au-dessus de ma tête. Tout le monde se met à crier et à me prendre en photo. Tous les copains viennent pour prendre la coupe à leur tour. Qu'est-ce qu'on est contents d'être des joueurs connus !

Dans les vestiaires, Claire me dit que je peux garder la coupe pour ce week-end mais qu'il faut que je la ramène mercredi à l'entraînement. J'ai presque envie de pleurer parce que c'est ma coupe, et que le capitaine c'est moi et qu'il n'y a pas de raison pour que quelqu'un d'autre garde ma coupe. Mon papa me dit que j'ai une belle médaille et que c'est déjà bien. Une médaille, c'est nul par rapport à une coupe.

Finalement, je ne sais pas comment il a fait, mais mon papa n'a jamais rendu la coupe. Il m'a dit que c'était un secret et qu'il ne fallait en parler à personne. J'étais tellement content, il est génial mon papa.

*

En fait, mon père a bien sûr été obligé de rendre la coupe. Il faudra que j'attende plusieurs années pour lire ces lignes, pour apprendre qu'il a en fait acheté exactement la même coupe et me l'a laissée en me faisant croire que c'était l'originale...

LE SQUARE HERTINGEN

Après quelques instants d'un lourd silence, le médecin, immobile, considéra l'enfant.

Le verdict tomba :

— Il a un souffle au cœur. Ce n'est pas un asthmatique au sens strict du terme, mais sa santé fragile est due à son système cardio-pulmonaire. À défaut de cures, du grand air et de l'exercice seront la meilleure ordonnance.

Quoiqu'attendue, quoique redoutée, cette nouvelle n'effraya pas l'enfant. Il avait toujours su et admis avec objectivité son état malingre. Les os courts et décharnés, les articulations proéminentes, son aspect chétif dont sa lourde tête accentuait la disproportion des membres, il les avait constatés dès son plus jeune âge. Là où les enfants ont le front orgueilleux et se toisent de virilité, lui s'effaçait. Mal agile, engourdi, et même si bien portant, il avait toujours été considéré comme maladif. Seuls ses parents semblèrent tomber des nues. Ils posèrent sur lui des yeux nouveaux. La sentence du médecin scellait son état. De l'asthmatique qu'il n'était pas, puisque le médecin l'avait dit, il le devenait au regard de ses parents. Pour son père, cette accréditation donnait l'explication de son corps atrophié. L'intonation de sa mère en serait à tout jamais modifiée, elle s'adresserait à lui comme à un malade. Un convalescent, tout au plus.

Une nounou fut engagée. L'imposante femme était aussi massive que l'enfant était chétif. Elle paraissait ogre. Un bassin de large taille, une énorme poitrine qui n'avait rien de sensuel, des épaules de bûcheron surmontées d'une nuque robuste où reposait une tête fixe. Dépourvue de toute féminité, cette femme ne laissait pas transpirer le moindre sentiment. Qu'il fût hostile ou maternel d'ailleurs. Ses cheveux étaient en tout temps tirés et entrelacés dans un chignon dont la rigidité n'avait d'égal que son regard strict et sans empathie. Elle appliqua avec une rigueur toute germanique l'ordonnance du médecin. Deux fois par semaine, l'enfant était emmené au square Hertingen, où on lui enjoignait, à défaut d'exercice, de s'aérer les poumons.

La large main dont la paume faisait prise sur tout l'avant-bras de l'enfant desserra son étreinte et l'enfant put se libérer. Sans savoir pourquoi, un sentiment d'angoisse s'emparait toujours de l'enfant dès que le brouhaha qui s'élevait du square Hertingen arrivait à lui. Il mesurait alors avec une profonde tristesse le temps qui le séparait de 17 heures, moment de son salut, l'immensité de l'attente et des heures creuses qui l'attendait. Dans un réflexe vivace qui surprit la nounou, il attrapa un bâton posé négligemment sur un petit muret. À l'instar des enfants dont l'imagination n'a pas besoin d'autres instruments pour les travestir, il brandit instinctivement le bout de bois devant lui. La nounou, qui ne daignait guère le regarder plus qu'il ne fallait pour le surveiller, tourna la tête et se pencha sur lui de toute sa masse. Désarmé avant que de faire le moindre mouvement, son bras s'abaissa et son regard implora. Fut-ce son attitude de soumission et de pitié, fut-ce un sentiment magnanime, aussi éphémère que surprenant ? Sa geôlière se contenta d'une mise garde. On ne lui ôta point le précieux instrument de ses rêveries. Le bâton pouvait être tour à tour fusil, longue vue, épée, canon, javelot, flèche ou même sceptre. En entrant dans le square Hertingen, il arbora fièrement son glaive comme une mise en garde à tous ceux qui oseraient le défier. Embrassant du regard l'étendue des pelouses, c'est bien malgré lui que, tel un souffreteux, il fut attiré par le bras et dut s'asseoir sur un banc. Qu'importait ! Sa vie intérieure était riche, et il possédait toujours l'objet qui donnait une contenance à ses voyages épiques.

Hagard et comme suspendu devant un événement qui émerveille les enfants, il fut saisi d'une admiration presque jalouse pour les grands gaillards qui jouaient au foot. Bien que plus vieux que lui d'à peine quelques années, ils étaient grands, athlétiques, les épaules larges et les cuisses musculeuses. Chaque course était empreinte de force et de robustesse. Leurs essoufflements n'étaient pas comme chez lui signe de maladie, mais engageaient à une force intérieure, faisait référence à une volonté, un dépassement de soi. Leur chevelure blonde volait au vent et se démêlait pendant leurs courses telles les crinières des chevaux. Leurs regards bleus, perçants, étaient fierté, combats et assurance. Leurs maillots étaient tachés de boue et de traces vertes que peuvent laisser de longues glissades dans l'herbe, vestiges d'une lutte jusqu'au-boutiste. Ces souillures n'étaient pas comme chez lui dues à la maladresse, elles transpiraient la volonté, la force brute, l'instinct presque animal. C'est toute la virilité de l'homme qui s'exprimait au travers de chacun de leurs déplacements. Dans une beauté qui n'a d'égal que la course d'un félin qui a entrepris une proie, ces titans, bien qu'affairés à se déplacer en tous sens, gardaient une dignité et une sérénité qui forçaient l'admiration. Ce merveilleux, qui subjuguait l'enfant, le tint hypnotisé. Les prénoms des joueurs n'avaient plus de secret pour lui : Ludwig, Gunther, Heinrich, Kurt, Karsten, Waldemar. Tous semblaient avoir été sculptés, depuis le talon jusqu'au crâne, dans un marbre dont la blancheur donnait à leurs déplacements une pureté et une élégance qui suggéraient quelques lettres de noblesse.

Un garçon rondouillet, planté à quelques mètres de lui, le sortit de sa rêverie. Sa physionomie lui parut une insulte. Il était gras, vêtu grossièrement, une casquette négligemment posée sur la tête. Timide, voire craintif, ses mains crispées enserraient un ballon qu'il enlaçait sur son ventre bedonnant, comme une proposition. Bien qu'une vague de chaleur parcourût l'Allemagne en ce printemps 1897, les deux enfants avaient en commun une surprotection vestimentaire qui combinait l'inconfort et le ridicule. Pantalon de toile, chemise manches longues, gilet boutonné jusqu'au dernier, signaient le caractère d'une santé fragile. Un regard de la nounou suffit à l'autorisation d'aller jouer. On était encore loin de 17 heures et probablement la nounou s'enorgueillirait-elle auprès de ses employeurs de ce lien social. Tandis qu'il se cramponnait à son bâton, qui lui conférait une sécurité dont il avait plus que jamais besoin, sans dire mot, les deux enfants se mirent à bonne distance et commencèrent à se faire des passes. À la maladresse du joufflu s'ajoutait la monotonie de leur activité. Raccrochant, aussi souvent que faire se peut, son regard aux olympiens, cette activité devint vite une contrainte plutôt qu'un loisir. L'obligeant à s'interrompre dans la fièvre de sa passion naissante, il laissa passer le ballon sans y prêter attention. D'un air mal engagé, conscient de l'ennui de son partenaire, le garçon ajusta sa casquette et lui proposa de changer de jeu. La balle fut délaissée. Peut-être par mimétisme, ou bien par suggestion, le garçon ramassa lui aussi un bâton. Ce fut le déclic. Armés et enthousiastes, ils virent une amorce de connivence s'immiscer dans leur différence. Ils étaient soldats, guerriers redoutables, leur outil mimait la longue-vue, le sabre, la canne ou le fusil. Mais le couperet rectificateur tomba telle une guillotine :

— Lâche ce bâton ! Vous allez vous faire mal, beugla la mère du garçon.

Celui-ci obtempéra dans la seconde. L'enfant resta interdit et son œil scrutateur les jaugea. Installés sur de grandes nappes posées à même le sol, ils avaient dû déjeuner sur place. Les nombreuses marmites et plats divers témoignaient d'un repas copieux. L'enfant ne put s'empêcher de faire le rapprochement avec le surpoids de son camarade. Mais pourquoi diable étaient-ils tous habillés comme en plein hiver ? Était-ce une famille de maladifs ? Quelle dégaine bizarre ils avaient, avec leur chapeau trop petit pour les protéger du soleil et leurs habits sombres et fermés dans cette chaleur accablante.

— Tu veux aller au ruisseau ? s'enquit timidement le camarade.

Mais sa mère à l'ouïe surdéveloppée trancha avant qu'il ne puisse émettre un son :

— Non, vous allez vous blesser près du ruisseau, restez là.

L'injonction figea les deux enfants. Suspendus, navrés, vides d'imagination, ils se rapprochèrent et s'assirent pour suivre, silencieux, le match de foot.

— Ne t'assois pas dans l'herbe, tu vas salir ton pantalon.

Un énième coup de boutoir de la mère vint les achever. Chacun compatissant et voulant donner à son ami un appui moral, ils se relevèrent de conserve.

L'enfant brandit son bâton à la vue de tous, comme une provocation à la mère de son ami, qui semblait ne pas avoir besoin du regard pour le surveiller.

De longues minutes passèrent. Immobiles. Sans l'once d'une idée de jeu qui n'aurait pas attiré les foudres de la mère. Si bien qu'ils s'effacèrent physiquement. Seul subsistait leur regard qui suivait le match de foot. À la faveur d'un but, les corps magnifiques des athlètes s'entrelacèrent de la façon la plus virile, les yeux vifs, les fronts fiers, les épaules dégagées, les torses bombés. Tous congratulants. Les enfants échangèrent un regard entendu et des sourires explicites. Ils prenaient leur petite part de succès par procuration. Une certaine forme de complicité était née entre eux.

Le garçon alla chercher sa balle mais n'eut le temps de proposer quoi que ce soit. Cinglante, rigide, ordonnatrice, la mère de celui-ci l'interpella sans que sa voix ne fléchisse d'une octave :

— Joseph ! Viens ranger tes affaires, on rentre.

Un mot aurait suffi. Le garçon, aguerri à reconnaître les désirs de ses parents à l'unique intonation de son prénom, avait déjà tourné les talons.

L'enfant regarda cette curieuse famille ranger leur bric et leur broc. Empiler les plats et les marmites. Plier les linges. Assembler la vaisselle. Son ami lui lança un regard semi-résigné, semi-plaintif, mais reconnaissant de son éphémère compagnie.

Avec une célérité inattendue au vu de leurs équipements, la famille fut sur pied et disposée à quitter les lieux. La main enfermée dans celle d'une mère, d'une tante ou d'une grand-mère, le garçon envoya un dernier regard. Bien qu'à bonne distance, on eût cru à des remerciements. L'enfant arma alors son bâton à l'épaule, aligna un bourgeon naissant du bâton avec la tête du geôlier de son ami et pressa la détente. Un bang audible que de lui-même retentit. D'un mouvement du poignet, souple et rapide, l'enfant rechargea son arme. Il mit en joue une autre tête, et bang. Puis une troisième. Bang ! Le groupe disparut derrière la grille, alors l'enfant planta son bâton dans le sol, mesura l'angle, calcula la puissance, versa une quantité suffisante de poudre dans le canon et y introduisit un boulet. Il alluma la mèche et détala à toutes jambes. Quand il fut à une distance raisonnable, il plongea au sol, se mit en boule et écarta lentement ses mains, les doigts ouverts, verbalisant une détonation qu'il imaginait énorme : boum !

Penaud, contrarié, seul, l'enfant se releva et retourna sur son banc. Sa nounou consulta sa montre. Il était presque 17 heures. Elle se tourna vers lui et lui intima de se préparer promptement :

— Allons-y, Adolf, il ne s'agirait pas d'être en retard à ton cours de dessin.

Nouvelle librement inspirée de Pauvre petit garçon ! *de Dino Buzzati.*

L'EXPÉRIENCE TRIATHLON

Quand Alexandre Dumas écrivit Le Comte de Monte-Cristo, *son éditeur lui demanda de réécrire certains passages en ne s'adressant pas directement aux lecteurs. Il refusa.*

Quand mon éditeur me demanda de ne pas écrire cette nouvelle à la première personne, j'eus envie d'avoir un point commun avec Alexandre Dumas, ne fût-ce que celui-là. Je refusai.

Je crois que tout a commencé par une blague. Nous étions attablés à un déjeuner de famille, mes cousins discutaient de sport. J'ai dû faire un trait d'esprit, une boutade, quand l'un d'entre eux m'a dit :

— Et pourquoi tu n'apprendrais pas à nager ? Tu pourrais faire le triathlon de Deauville avec nous...

Leurs sourires complices dégageaient une ironie non dissimulée.

— Et pourquoi pas ! répondis-je avec autant de légèreté que d'inconscience.

Dans quelle aventure venais-je de m'engager ? La formule choisie consistait à nager mille cinq cents mètres en mer, faire quarante kilomètres à vélo, puis courir dix kilomètres. Ayant fait du sport toute ma vie, je ne voyais dans ce défi rien d'insurmontable. J'avais deux mois pour me préparer physiquement. C'est dingue comme une épreuve sportive peut sembler facile en fin de repas, un verre de vin à la main...

Le premier obstacle, de taille, était la natation. Il fallait être capable de faire le parcours sans se noyer. Comme beaucoup de monde, je pensais savoir nager. Mais pour être honnête, au bout de cent mètres de crawl, j'avais les épaules en compote, je suffoquais et je finissais sur le bord de la piscine, allongé comme un phoque sur sa banquise. Je décidai donc de prendre des cours de natation. En moins de deux mois, je nageais deux mille mètres en crawl, sans faiblir, en une heure. Très loin de faire un temps honorable, mais j'étais rassuré sur mes capacités.

L'entraînement à vélo fut lui aussi problématique, étant donné que je n'avais pas de vélo. Après avoir quémandé dans mon entourage, je finis par dégoter le vieux VTT de mon père qui fit très bien l'affaire. Je m'astreignis à faire une sortie hebdomadaire dans le bois de Vincennes en augmentant la distance progressivement. La semaine qui précédait l'événement, je réussissais à boucler quarante kilomètres en deux heures. Je m'imaginais l'objectif atteint, sans me soucier de la natation qui précédait, ni de la course à pied qui allait suivre.

La course à pied, justement, me paraissait être une formalité. Il fallait juste que j'investisse dans une paire de chaussures pour le running car mes New Balance Top Fashion n'étaient pas du tout adaptées. Le temps passa et je négligeai ce point.

La veille de l'épreuve, je me rendis à Deauville avec ma femme, mes cinq cousins et leurs épouses, dans une certaine euphorie. Toute la ville vivait au rythme des différentes courses qui s'enchaînaient. Nous nous baladâmes dans le village en visitant les stands, à la recherche du petit gadget en plus qui nous aurait fait gagner quelques secondes. Au cours d'une discussion, j'appris que le téléphone portable était interdit. Détail qui suffit à me faire perdre mes repères - il m'était bien utile pour connaître les distances parcourues à vélo. Je fis donc l'acquisition d'une montre Garmin Fénix 5X Plus pour la somme de 850 euros, rendant ainsi mes cousins verts de jalousie. Dans le stand suivant, j'achetai une paire de chaussettes compressives à 50 euros qui, avec le recul, me sembla complètement superflue. Enfin, j'allai retirer mon dossard, ma combinaison de natation et le vélo que j'avais loué. L'ambiance était festive et une certaine excitation régnait dans l'air. Je passai la fin d'après-midi à organiser mes affaires pour être sûr de ne rien oublier le jour du départ.

C'est au restaurant, le soir même, que la pression monta d'un cran. Toutes les discussions tournaient autour des épreuves et mon angoisse commença à me nouer le ventre. Au lieu de commander un gros plat de pâtes bien consistant, je me contentai d'une sole grillée avec un petit bol de riz. Je passai mon tour sur les desserts, de peur d'être trop lourd le lendemain. Je pris un maximum d'informations pour appréhender le départ de la meilleure façon. Trois groupes allaient s'élancer depuis la plage à une minute d'intervalle. La stratégie de départ de mes cousins était simple : se mettre à la fin du groupe « compétition », qui allait sûrement partir à toute allure et leur laisserait le temps de nager tranquillement avant d'être rejoints par le groupe « intermédiaire ». Stratégie un peu trop ambitieuse pour mon niveau : je décidai de me mettre à la fin des intermédiaires, espérant pouvoir nager tranquillement avant d'être rattrapé par les débutants.

Le soir, je me couchai tôt, mais impossible de trouver le sommeil ! Minuit. 1 heure. 2 heures du matin. L'angoisse était à son comble.

Quand le réveil sonna à 6 heures, j'avais dû dormir trois heures et j'avais une grosse boule au ventre qui me coupait la respiration. Sensation qui me rappelait le passage des examens scolaires. J'enfilai ma combinaison de natation trifonction (car on la garde pour les trois épreuves) jusqu'à la taille et me rendis à vélo jusqu'au stand de transition pour installer mon vélo et ma tenue de course à pied. J'appréhendais tellement le départ que j'avais du mal à respirer. La peur, le vertige de la foule, la solitude, je ne savais plus quoi faire, ni vers qui me tourner. Je me sentais complètement perdu. Mon cœur battait à tout rompre avant même que l'épreuve n'ait commencé.

Machinalement, je suivis les concurrents qui se dirigeaient vers la mer. Les deux bouées que l'on devait contourner me paraissaient être à des kilomètres. Un sentiment de panique me gagna. Il y avait tellement de monde, je me sentais si seul face à l'épreuve que je me mis à douter de mes capacités. Je cherchai un regard compatissant, un sourire, un réconfort quel qu'il fût...

Je rentrai dans l'eau progressivement. La combinaison protégeait bien du froid, mais je me sentais complètement engoncé, malhabile de mes mouvements. Je ressortis après avoir fait deux brasses et... miracle ! Je tombai nez à nez avec Caroline, une copine, qui était venue encourager un de ses amis. Mais l'ayant perdu, et sûrement lisant la détresse dans mon regard, elle me proposa de rester avec moi. J'eus envie de la prendre dans mes bras tant sa présence était réconfortante. Quel bonheur de parler à quelqu'un ! Nous remontâmes la plage en discutant et, sous ses encouragements, j'allai me placer sur la ligne de départ, derrière les nageurs intermédiaires.

Top départ. Tandis que les nageurs confirmés se ruaient vers la mer, mon cœur s'emballa et c'est à peine si mes jambes pouvaient me porter. J'essayai de me calmer, de reprendre mes esprits, mais déjà notre groupe s'élançait. Porté par le mouvement de la foule, je passai devant Caroline en trottinant, essayant de faire bonne figure. La panique, la combinaison trop serrée, la tachycardie, j'arrivai dans l'eau à bout de souffle dans une masse compacte de nageurs. Qui parlait de stratégie ? Il fallait maintenant avancer. Je fis trois mouvements de crawl et je tapai le pied du nageur de devant. Je relevai alors la tête et me fis percuter par le nageur de derrière. Je repris en brasse en me disant que c'était bien la peine d'avoir pris deux mois de cours particulier de crawl pour au final nager la brasse. J'essayai de doubler par la droite mais nous étions si serrés qu'aucune initiative personnelle n'était possible. Je n'arrivais pas à trouver mon rythme et mes vieux défauts refaisaient surface. Je contournai la première bouée et j'aperçus une petite fenêtre où je pouvais enfin dérouler. J'allongeai les bras et mis en pratique la technique qu'on m'avait enseignée. Cette sensation de liberté fut de courte durée. Quelqu'un me parlait. C'était une jeune fille perchée sur un canoë qui m'indiquait que j'avais trop dévié. Effectivement j'étais parti à 45 degrés. Je regardai passer le flux continu des nageurs que je rejoignis à grand-peine. Je passai la deuxième bouée épuisé - cette épreuve de natation était interminable. Nous étions comme un banc de sardines, tous agglutinés les uns aux autres. Direction la plage. Ne pouvant m'adonner au crawl à cause de la foule, je me mis au rythme du banc. Nageant tantôt la brasse, tantôt le dos crawlé, j'arrivai enfin sur la terre ferme, exténué. J'enlevai la partie haute de ma combinaison, je posai les deux mains sur mes genoux, hagard, hésitant entre vomir et défaillir. De toutes parts me doublaient les athlètes, trottinant d'un pas léger pour rejoindre l'aire de transition.

Au bout de quelques minutes, je relevai la tête et mon regard tomba de nouveau sur Caroline. Elle m'applaudissait. Ne voyait-elle pas que j'étais à l'agonie ? Qu'il fallait appeler les pompiers, la Croix-Rouge, Europ Assistance, ou n'importe qui susceptible de me sortir de là... En marchant lentement à ses côtés, complètement groggy, je remontai jusqu'à l'aire de transition. Nous avons discuté, mais de quoi ? Je suis bien incapable aujourd'hui de me rappeler la moindre bribe de cette conversation.

J'enlevai ma combinaison avec tant de peine. Je pensai que retirer sa combinaison aurait dû constituer une épreuve à elle toute seule ! Je m'assis pour mettre mes chaussettes compressives à 50 euros. Elles avaient intérêt à être rudement efficaces, ces chaussettes compressives ! En mettant mes New Balance Top Fashion, je me dis que j'aurais peut-être dû investir dans des chaussures de running. On était bien, là, assis par terre, tranquille. J'avais la tête qui tournait, une sacrée nausée, mais je gagnais du temps, espérant reprendre mes esprits.

— Il ne reste plus qu'une dizaine de vélos dans l'air de transition... ! annonça le speaker.

« Oh non ! C'est pour moi qu'il dit ça ? » Effectivement, il ne restait que quelques concurrents, à l'agonie comme moi, qui essayaient de se relever et d'attraper leur vélo. Machinalement, je ne saurais vous dire pourquoi, bien que la chaleur fût écrasante, je me hâtai de passer un tee-shirt manches longues. Je me dirigeai vers la route, vélo à la main. Un arbitre me dit :

— Attendez de passer la ligne pour monter sur le vélo.

— Pas d'inquiétude, attendre, je sais faire !

C'était plutôt agréable de faire du vélo. Sans grands efforts, j'avançais à bonne allure. Une petite brise créée par la vitesse vint me rafraîchir. Les spectateurs étaient en nombre sur les côtés et leurs encouragements me mettaient du baume au cœur. Je leur fis de petits signes amicaux de la main. Si je n'avais pas eu cette maudite nausée, j'aurais pu accélérer, imaginais-je. Ne nous plaignons pas, au moins j'avançais sans peine.

Sans peine ? Au détour d'un virage, je me trouvai nez à nez avec un mur, une pente à 15 degrés. Ils l'appelaient le « mont Saint-Laurent ». Moi, je l'appelais le « mur des lamentations » tant j'avais envie de pleurer. C'était un pic, c'était un cap... Que dis-je, un cap ? C'était le mont Ventoux ! Je transférai tout le poids de mon corps sur chacune des pédales pour essayer d'avancer d'un quart de roue. Trop dur ! J'étais à bout de forces. Misère ! Qu'étais-je venu faire dans cette galère ? Heureusement, les concurrents précédents avaient mis le pied à terre. Je déculpabilisai. J'arrivais à lire le nom des dossards de deux participants : Gérald et Agnès. Il faudrait que je réussisse à les rejoindre, je serais moins seul dans l'épreuve. Mais même à pied, cette côte était une épreuve. Les encouragements des spectateurs me paraissaient usurpés.

La tête basse, j'atteignis le sommet. Les cuisses en feu, le souffle court, le regard perdu, je grimpai sur mon vélo. Un coup d'œil sur ma montre : *5 km.* « Cinq kilomètres seulement ?! » Il en restait trente-cinq à parcourir. Je passai une vitesse qui me permit d'avancer sans trop de peine. Concentré sur ma respiration, j'essayai de récupérer. Je levai la tête, le paysage était magnifique. Des dégradés de couleurs printanières se mélangeaient. Des villages de cartes postales se détachaient au milieu des campagnes, c'était magnifique. Nous quittions parfois la route principale pour prendre de petits chemins bordés de maisons anciennes et de fermes de caractère. Le parcours était bien fléché. Je saluais chaque policier, chaque bénévole, chaque fermier qui m'encourageait. Puis, comme une révélation, je pris conscience que je n'avais plus mal nulle part. Bien au contraire, je me sentais bien. Plus de nausée ! Des jambes toniques et une sérieuse envie d'en découdre. J'allais leur montrer de quoi j'étais capable quand je m'y mettais. Fini le tourisme, je passai quelques vitesses, me voûtai sur mon vélo et donnai du braquet !

Après quelques efforts, je parvins à rejoindre Gérald et Agnès qui étaient avec Saad, un troisième cycliste. Gérald avait un embonpoint non négligeable. Agnès roulait en VTT, maillot de bain une pièce, et était si rouge qu'elle donnait l'impression d'être sur le point d'éclater. Saad avait un vélo de course qui couinait si fort qu'on nous entendait arriver cinquante mètres devant. Et moi, avec mon tee-shirt manches longues, mes chaussettes compressives remontées jusqu'aux genoux et mes chaussures New Balance Top Fashion. Je réalisai alors le comique de notre petite équipe improvisée. On aurait dit *Les Charlots font du vélo.* Notre passage avait de quoi faire sourire. Nous nous encouragions mutuellement et roulions de conserve. Nous étions suivis par Philippe, qui peinait à nous rejoindre. J'eus presque envie de proposer de l'attendre...

Venu d'on ne sait où, un concurrent déboula soudain à notre niveau avec un impressionnant vélo de compétition. Cadre profilé, prolongateurs, double porte-gourde derrière la selle, petite trousse à nourriture sur le cadre et des roues moitié pleines. Il me demanda si tout allait bien, si je voulais une pâte de fruits. « Qu'est-ce qu'il fait là, celui-là ? Comment avec un tel équipement pouvait-il être derrière nous ? » Il nous salua et en deux coups de pédale disparut. Ce qui me donna une idée. Moi aussi, j'allais mettre des coups de pédale ! J'annonçai à mes coéquipiers :

— Je vais vous tirer, mettez-vous derrière et suivez le mouvement !

Quelque cinquante mètres plus loin, nous étions de nouveau tous pied à terre devant une deuxième côte infranchissable. La discussion tourna court, chacun économisant ses forces. Nous croisâmes les musiciens de l'orchestre assis en train de fumer une cigarette.

C'était bien notre veine, il fallait qu'on passe juste au moment de leur pause... À moins qu'on eût tellement de retard qu'ils pensaient la course terminée ?

Je leur lançai ironiquement :

— Bravo, on joue pour les premiers et il n'y a plus personne pour les derniers...

Ils me répondirent :

— Vous avez tout à fait raison, mais le guitariste a cassé une corde !

Heureusement ! On aurait été capables de s'installer pour les regarder jouer en sirotant notre gourde.

Un ravitaillement. Enfin ! « Pourquoi "enfin" ? » me demandai-je en moi-même. J'avais à peine bu la moitié de ma gourde et n'avais pas touché à mes barres de céréales. D'ailleurs, maintenant que je n'avais plus de nausées, il était hors de question que je mange quoi que ce soit ! (Ce que je regretterais amèrement plus tard.) Nous étions à mi-parcours et je décidai qu'il était temps pour moi d'accélérer. J'attrapai avec précaution la partie inférieure du guidon. Je dis « avec précaution », car on n'est pas super à l'aise ainsi penché en avant avec les fesses en l'air. Surtout qu'il fallait se contorsionner les cervicales pour voir la route, par intermittence, car dans cette position mon casque avait tendance à me glisser sur les yeux.

Je me mis à travailler des cuisses pour prendre de la vitesse et déposai sur place mes compagnons d'infortune. Pas une seule seconde je ne me dis qu'avec tout le temps perdu en début de course, cette accélération était complètement vaine. J'arrivai dans une descente et je pris de la vitesse, beaucoup de vitesse. Je plaçai mes mains sur les freins, résistant à l'envie de serrer. Je filais à toute vitesse. J'eus une sacrée montée d'adrénaline. Plus tard, j'apprendrais grâce à ma montre que j'avais atteint la vitesse de 72 kilomètres/heure.

J'étais regonflé à bloc. Je me mettais en danseuse à chaque fois que je descendais sous les 30 kilomètres/heure. Il ne restait plus que quelques kilomètres : quelle envie de faire une entrée fracassante dans Deauville ! Mais mes efforts furent réduits à néant quand se dressa devant moi une nouvelle côte impitoyable. Trop. C'était trop ! Pourquoi avaient-ils besoin de nous mettre un mur à 15 % juste avant d'arriver ?

Je mis une nouvelle fois le pied à terre pour escalader. Un paysan sur son tracteur m'encouragea. Au passage, je lui tendis la main :

— Vous êtes là pour prendre le relais ?

Il éclata de rire.

— Moi, à part mon tracteur, je ne sais pas conduire grand-chose. Et je n'ai pas les bonnes chaussures.

Je fis contre mauvaise fortune bon cœur. Je relevai la tête et ouvris les yeux. Les premiers concurrents ne savent pas ce qu'ils ratent. Moi, j'avais le temps de profiter du spectacle. J'admirai cette vue magnifique. L'horizon s'étirait à perte de vue dans des nuances de verts et de jaunes, digne d'un tableau de Van Gogh. Je tombai alors sur un couple de concurrents qui prenaient des selfies devant un beau paysage. J'étais bien content que cette dame ait bravé l'interdiction d'apporter son téléphone. Nous nous prîmes en photo, puis je lui donnai mon numéro de téléphone pour qu'elle me les envoie. Je serais bien content d'avoir quelques clichés en arrivant. En haut du mont, je regrimpai sur mon vélo, laissant le couple à leur discussion.

L'entrée dans Deauville fut merveilleuse. C'était de la descente, les spectateurs étaient de retour, ils criaient, ils applaudissaient à tout rompre, je me sentais galvanisé ! Je filais à toute allure. Merveilleuse surprise : je croisai ma femme, qui me fit de grands signes. J'étais bien content que ce ne soit pas dans une montée, à pied, vélo sous le bras en tirant la langue.

À l'arrivée, un arbitre me demanda de descendre du vélo avant la ligne. Il ne fallut pas me le dire deux fois. C'est avec un grand soulagement que je me dirigeai vers l'aire de transition. La tête me tournait plus que jamais. Je me sentais complètement vidé. Plus aucune lucidité. À aucun moment je ne pensai à retirer mon tee-shirt manches longues malgré la chaleur accablante et la sueur qui sortait de mon corps par tous les pores.

Je bus la moitié de ma bouteille d'eau presque chaude. Raisonnant à l'envers du bon sens, je ne mis pas la casquette que j'avais préparée, car avec ce soleil j'avais déjà la tête trempée de sueur. Toutefois, dans un ultime réflexe de survie, j'eus la présence d'esprit de manger pour la première et unique fois de la course une barre de céréales que je promenais dans ma trifonction depuis le début de la course.

Et maintenant ? Il fallait courir. Dix kilomètres ! Je n'arrivais même pas à marcher. Je regardai le circuit de course à pied : ils étaient là, les triathlètes. Dans un flux homogène et continu, ils se suivaient au rythme lent de leur souffrance, défilant tel un serpent gigantesque qui se mordait la queue. Les visages fermés. Les regards absents. Je rentrai dans la boucle. Hagard. Incapable de lever les genoux, je me faisais doubler de tous côtés. La course devait normalement être la partie la plus facile, mais mes jambes ne répondaient plus.

Déjà cent mètres que je marchais, à ce rythme-là je n'arriverais jamais au bout. « Courage. » Était-ce l'effet placébo de la barre de céréales que je venais d'avaler ? Je parvins à trottiner de nouveau. Doucement. Péniblement. Mon allure finit par se mettre au rythme du flux qui m'emportait. 8 kilomètres/heure, selon un bref calcul. Ce n'était vraiment pas un exploit, mais si je tenais ce rythme, je pouvais espérer arriver dans une heure quinze.

Le passage sur les planches m'enorgueillit au plus haut point. La foule amassée le long des barrières scandait mon nom. (Il était écrit sur mon dossard.) Tentant de faire bonne figure pour ne pas les décevoir, je bombai le torse et relevai la tête. Mes jambes me brûlaient, je ne pouvais pas me mettre à marcher devant tous ces supporters ! Il fallait maintenant contourner le podium et faire une cinquantaine de mètres dans le sable. Diable que ce sable ! Je n'aurais jamais cru que cela puisse constituer une épreuve. Immédiatement, je sentis que le sol se dérobait sous mes pieds. Chaque pas me coûtait. Je résistais de toutes mes forces à l'envie de marcher. À l'impression de me faire avaler par des sables mouvants. Je me débattais. Mes pieds glissaient sur un sol qui se dérobait sans provoquer le moindre déplacement. J'y laissai le peu d'énergie qu'il me restait.

J'aperçus mes cousins assis sur des chaises longues, en train de siroter un soda frais et de déguster quelques fruits frais prédécoupés. Ils avaient déjà fini. Je les interpellai. Ils se levèrent comme un seul homme et m'encouragèrent à tout rompre. J'allongeai la foulée et produisis une accélération perceptible de moi seul. Le retour sur les planches fut un soulagement. Avec une éponge qu'on me tendit, je me mouillai la tête et le visage. Un pur moment de bonheur. Mais éphémère. Il fallait maintenant aller jusqu'au bout de la digue du port et revenir. Je croisai un concurrent au sol avec les secours. Il avait dû surestimer ses forces. N'étais-je pas en train d'en faire autant ? Tous les cent mètres, je doublais le même athlète qui s'arrêtait pour reprendre son souffle, puis me redoublait en courant. Drôle de stratégie que la sienne !

Je me présentai consterné face à l'arrivée et pris pleinement la mesure de ce qui m'attendait. Je n'avais fait qu'un seul des deux tours obligatoires. Là où tous filaient sur le tapis rouge, je pris à gauche, entamant désormais seul le long chemin de croix qui était le mien. L'haltérophile, le corps tremblant, qui porte à bout de bras une charge trop lourde n'a d'autre pensée que de tenir. Il en était de même pour moi. Toute lucidité avait disparu. Toute faculté de réfléchir aussi. Usé, vidé, souffrant, le corps s'économise au maximum. La nuque se raidit, la respiration devient superficielle, le champ visuel se rétrécit, aucune fonction cérébrale n'est possible. Juste le balancement mécanique des bras et des jambes dans un déséquilibre antérieur sans cesse rattrapé.

Plus aucun concurrent en vue. Ni devant. Ni derrière. J'étais seul. Seul face à moi-même. Où étaient passés mes coéquipiers de vélo ? Gérald, Agnès, Saad, Philippe, le couple de photographes ? Avaient-ils abandonné ? Étais-je dernier ? Peu importait. Maintenant, il fallait finir. Pour la première fois, je pris conscience que j'allais probablement finir le triathlon. Cette satisfaction me redonna du courage. Le moral revint. Quand j'arrivai sur les planches, les spectateurs n'avaient plus que moi à encourager. J'éprouvai de la fierté et un élan de tendresse envers tous ces anonymes qui compatissaient à ma douleur. Même les vendeuses qui se trouvaient dans les kiosques à glaces se levèrent à mon passage. J'eus l'impression que tout Deauville vibrait au rythme de mes pas. Malheureusement, le second passage dans le sable eut raison de mes dernières forces. Ce qui devait arriver arriva. D'énormes crampes tétanisèrent mes cuisses. Mon physique était en train de lâcher. J'étais complètement englué. Je regardai ma montre, décomptant avec impatience tous les cent mètres. Me fixant des objectifs pour ne pas craquer : aller jusqu'au prochain réverbère, recommencer... « Et si je marchais, serait-ce si terrible ? »

Je me dirigeai une nouvelle fois vers la digue, et surprise : j'apercevais devant moi la silhouette de Gérald. Comment était-il arrivé là ? Quand m'avait-il doublé ? Deuxième surprise : je croisais en sens inverse Agnès, qui avait distancé Gérald. À ma vue, elle me fit un grand sourire et leva la main. Je lui fis un check au passage. Il y avait de grandes chances pour que je sois dernier. La voiture relais ne devait pas être loin. Je me retournai. Personne. Gérald craqua et se mit à marcher. C'est à ce moment précis de la course que j'ai failli doubler quelqu'un. Je dis « failli » car il fallut se rendre à l'évidence : Gérald marchait aussi vite que je courais ! Je restai donc malgré moi à une vingtaine de mètres de lui. Un spectateur me conseilla de le rejoindre, pour que nous finissions ensemble. « Et qu'est-ce que tu crois que j'essaie de faire depuis dix minutes ? »

L'arrivée n'était plus très loin. Mentalement, je visualisai le parcours. Je pouvais peut-être tenter quelque chose. Regroupant toute l'énergie qu'il me restait, serrant les dents, j'accélérai le rythme pour revenir sur Gérald. Sur quoi ai-je alors trébuché ? Une racine ? Un caillou ? Je dus faire un effort surhumain pour ne pas m'étaler de tout mon long. Mes cuisses me donnèrent l'impression d'être tabassées. Tout mon corps vibra comme si un camion m'avait percuté, mais je ne chutai pas. Ce traumatisme prit une ampleur démesurée dans cet état d'épuisement. Je n'eus même pas la force de me retourner pour voir sur quoi j'avais trébuché. Y avait-il seulement un obstacle ou n'ai-je tout simplement pas assez levé les pieds ?

J'étais au fond du trou. Non. Pire que ça. Car l'adage populaire veut qu'un coup de pied nous fasse remonter à la surface. Moi, j'étais dans les abysses. Là où les sens se perdent. Désorienté, démantibulé, déshydraté, asphyxié, les muscles tétanisés, réduit au simple réflexe archaïque qui fait mettre un pied devant l'autre au nouveau-né. Il n'était plus question pour moi de doubler qui que ce soit. Juste terminer l'épreuve, geignant, suppliant...

À deux cents mètres de l'arrivée, je me retournai pour voir où était la voiture-balai. Je constatai avec stupéfaction que Philippe m'avait rejoint ! Il était désormais à une dizaine de mètres derrière moi. Je n'osais pas imaginer l'effort colossal qu'il avait dû faire pour revenir. Il était si pâle... Mais une lueur déterminée brillait encore dans son regard. Il était hors de question que je finisse dernier. Allant puiser dans des ressources que je n'avais pas, je me mis à mon tour à accélérer. M'entendant revenir, Gérald se retourna et se remit à courir. Nous nous présentâmes alors tous les trois face à la ligne d'arrivée pour le sprint le plus mémorable de l'histoire des triathlons de Deauville (selon moi) ! Gérald, suffocant, essayait de conserver son avance. Philippe, si blanc qu'il en était livide, tentait de maintenir son effort. Moi, presque en apnée, j'espérais ne pas défaillir avant la ligne d'arrivée. Je ne remarquai pas les tribunes vides, ni le speaker qui scandait nos noms dans les haut-parleurs. Je vis alors avec étonnement ma femme et ma cousine. Elles avaient emprunté leurs froufrous aux pom-pom girls et sautillaient sur le tapis rouge au rythme de la musique. Qu'elles étaient belles !

Au diable la course, le classement et les performances. C'est entouré de ces deux beautés que je faisais mes derniers pas. Elles avaient réussi leur surprise, rien n'aurait pu me faire plus plaisir que de les trouver à l'arrivée. J'avais le sourire jusqu'aux oreilles. J'ai rarement connu une telle fierté. Je passai la ligne d'arrivée avec Gérald et Philippe. La satisfaction de l'exploit accompli nous donna un sentiment de plénitude. Nous nous congratulâmes, nous étions dans un état second, planant, la tête dans les étoiles. Je crois que s'il m'était resté quelques gouttes d'eau dans l'organisme, j'en aurais pleuré. Je levai les yeux sur l'horloge : 4 h 30. Quel bonheur ! Quelle délivrance ! La puissance d'un sentiment d'accomplissement qu'il m'a rarement été donné de ressentir. Nous étions des *finishers* !

Aux bras de ma femme et de ma cousine, je rejoignis la zone de repos des finishers pour prendre quelques fruits prédécoupés. Au passage, on me donna une médaille, un tee-shirt « Finisher » et un gobelet en plastique. Il ne restait plus que des cacahuètes et des quartiers d'orange. L'aire était désertique.

Un serveur me demanda si je voulais une bière pression. Il y a vraiment des gens qui prennent une bière pression après un tel effort ? Je le remerciai d'avoir privatisé l'endroit pour mon arrivée. Je m'affalai dans une chaise longue et bus coup sur coup trois canettes d'Oasis Tropical et une de Coca-Cola. Je mangeai des cacahuètes par poignées.

Ayant le sentiment d'avoir retrouvé des forces, je me relevai, mais sentis un malaise me gagner. Je m'agrippai à ma cousine et lui murmurai, presque honteux, que je ne me sentais pas très bien. Les secouristes me prirent en charge. Tension : 9,5. Le médecin arriva et me posa des questions sur mon alimentation. Il fut effaré d'apprendre que j'avais dîné avec des huîtres et une sole grillée la veille de l'événement. De surcroît que je n'avais avalé qu'une seule barre de céréales pendant l'épreuve. Je lui rétorquai que j'avais quand même mis une paire de chaussettes compressives ! Il regarda alors mes pieds et me demanda :

— Vous avez couru avec ça ?

— Oui, ce sont des New Balance Top Fashion. Un modèle collector ! Je vous donnerai les références si vous voulez...

Il leva les yeux au ciel et m'ordonna de manger. Deux minutes après, on m'apporta une assiette moitié quartiers d'orange, moitié cacahuètes. Il me fallut deux heures de repos, d'hydratation et d'alimentation pour retrouver mes esprits.

Puis nous rejoignîmes mes cousins au restaurant. Nous arrivâmes sous les acclamations et les embrassades. Rarement un repas eut un tel air de fête. Nous mangeâmes, nous trinquâmes et les discussions allèrent bon train. Chacun y alla de son anecdote, partageant nos expériences en parfaite osmose. Même les filles donnèrent leurs impressions, participant à la joie collective.

Il y eut là tout ce que j'aime, ma famille, le sport et la bonne humeur d'un repas convivial. C'était plus que du bonheur, c'était un état de grâce. Si le paradis existe, on ne devait pas en être loin.

L'ERREUR D'ISAAC NEWTON

12 mai 1904, université des sciences de Zurich.

L'étudiant se tenait debout, les pieds joints, droit, presque figé. Ses mains, qu'il entrelaçait et délassait, rendaient compte de sa nervosité. Il présentait un visage presque juvénile, un grand front, des cheveux noirs, courts, tirés en arrière, des yeux vifs et perçants. Ses lèvres, pincées en avant, traduisaient elles aussi l'appréhension. Sa solitude face au pupitre fut rompue par l'entrée du jury qui enjamba l'estrade et prit place sur les bureaux surélevés. Son cœur frappa plus fort, sa respiration se fit plus rapide, mais sa volonté de garder le contrôle calma ses nerfs et le rasséréna.

Les trois membres du jury, sans un mot dire, feuilletèrent la thèse qu'il devait soutenir. Vain moment, car n'avaient-ils pas son devoir entre les mains depuis plusieurs semaines ? Une impatience le gagna, mais il était là pour défendre et non pour attaquer, alors il se tut. Les professeurs, levant leurs yeux sur lui par intermittence, prenaient connaissance des notes qui figuraient en préambule, retraçant son parcours scolaire. L'étudiant semblait avoir eu des débuts difficiles. Renvoyé du Luitpold-Gymnasium de Munich pour des problèmes de discipline. Il transite par l'Italie, rate son baccalauréat, insiste, le réussit l'année suivante et entre à l'école polytechnique où il fait visiblement l'admiration de ses professeurs de sciences. Diplômé en 1900, mais dans une situation précaire, sans emploi, il entre dans l'Administration afin de consacrer son temps libre à l'étude des mathématiques. Figurent au dossier des mentions enthousiastes de son professeur, Marcel Grossmann, insistant sur la pertinence de ses travaux.

Le président du jury rompit le silence.

— Bonjour. Nous sommes le 12 mai 1904. Je suis le professeur Kramp, président de ce jury. Je suis assisté du professeur Hinsberger, spécialiste des ondes et des radiations, ainsi que du professeur Holder, astrophysicien et spécialiste de la volute des planètes, dont les ouvrages font aujourd'hui référence.

Le regard qu'envoya le président du jury au professeur Holder n'échappa pas à l'étudiant. Marque de respect et de complicité. Son regard se posa ensuite sur l'étudiant.

— Nous sommes réunis ici pour émettre un avis sur vos travaux. Votre étude est intéressante. Elle est bien menée. On comprend pourquoi vos enseignants font tant d'éloges à votre égard. Cependant, la complexité de votre raisonnement nous interpelle sur la véracité du résultat. Quand bien même nous admettrions que vos calculs soient justes...

L'étudiant, dont les nerfs avaient été tendus par une trop longue attente, ne tint guère plus longtemps. Il répliqua, d'une voix plus ferme qu'il ne l'aurait voulu :

— « Admettons », dites-vous ? Il ne s'agit pas d'admettre ou de ne pas admettre. Un calcul est juste ou ne l'est pas.

Une pensée fugace traversa l'esprit de l'étudiant. Avaient-ils compris ses travaux ?

— Je dis « admettons », car un calcul peut être juste sans que la démonstration qu'il propose soit exacte. Le calcul est l'outil, la démonstration doit être éprouvée.

— Soit. Éprouvez-moi !

— Le raisonnement scientifique peut être prouvé de deux manières. La première est l'expérience. Il s'agit de mesurer, de soupeser, de chronométrer, d'incorporer les résultats aux inconnues de l'équation, et si, et seulement si, à l'infini ces expériences valident l'équation, la théorie rejoint la pratique, et le théorème se fait véracité, car il s'applique en toute chose. Concernant votre démonstration, vous admettrez aisément qu'il ne nous est pas possible d'expérimenter. Ne reste donc qu'une alternative. La deuxième méthode, purement mathématique, consistant à vérifier chaque ligne de calcul, afin qu'aucun doute ne puisse subsister quant à la valeur du résultat final.

— Eh bien, des doutes subsistent-ils ?

— Toute la question est là. Si doutes il y a, nous ne pourrons valider votre théorie. Un calcul peut être juste sans que pour autant l'affirmation qui en découle soit exacte.

— Mais enfin, deux et deux ne font-ils pas quatre ? Vous viendrait-il à l'idée de remettre en question les conclusions de Pythagore ou de Thalès ? Une vérité mathématique ne souffre pas de considérations idéologiques, elle est ou n'est pas juste. Il s'agit d'une somme de calculs. Un complexe qui est la somme de singuliers.

— Certainement, mais votre théorie est novatrice, pour ne pas dire ambitieuse. Comprenez que sans pouvoir démontrer qu'elle est fausse, nous ne pouvons démontrer qu'elle est juste. Il ne s'agit pas d'arithmétique mais de physique quantique.

L'étudiant, qui se contenait jusqu'ici, décontenancé par la perplexité du jury, ne tint plus.

— Mes travaux s'appuient sur les expériences de Maurice Solovine. Ils ont été corrélés par Conrad Habicht. Quand bien même votre scepticisme viendrait de la formule finale, vous ne pouvez pas balayer d'un revers de main une théorie sous prétexte que vous ne pouvez pas la mettre en pratique.

— Soit. Ne nous dispersons pas, s'il vous plaît. Votre étude tient en trois points. Aucun ne sera laissé à l'abandon et vous aurez l'occasion de défendre vos hypothèses. Pour donner un fil rouge à votre exposé, nous étudierons dans un premier temps votre « théorie des ondes », puis, dans un deuxième temps, votre

« théorie gravitationnelle ». Enfin, nous examinerons les conclusions de votre exposé. La parole est laissée au professeur Hinsberger.

— Merci, monsieur le président. Nous avons scrupuleusement analysé votre première expérience, jeune homme. Votre étude sur les ondes est remarquable, indéniablement. Mais nous faisons référence à vos conclusions, elles sont très... hypothétiques ! Que les ondes changent de couleur à mesure qu'elles s'éloignent de la terre, c'est concevable. Mais l'explication que vous en donnez l'est moins.

— Le changement de couleur ne peut être dû qu'à une modification de leur vitesse.

— Soit, nous vous rejoignons sur ce point, admit le professeur.

— Toute la question est de savoir quelle en est la cause.

— C'est précisément sur ce point que nos avis divergent. Vous affirmez que le temps est une variable. Expliquez-nous cela ! La terre ne fait-elle pas une révolution en vingt-quatre heures, toujours ? Le temps qui s'écoule peut-il être, d'une manière ou d'une autre, freiné ou accéléré ?

Ce n'est pas tant la défiance du professeur qui agaça l'étudiant. C'est le sourire condescendant qu'il lui adressa. Comme s'il était certain de ses faits. Comme s'il l'avait fait chuter dès la première joute. Comme si, mis face à ses propres incohérences, l'étudiant n'aurait d'autre choix que d'abdiquer.

— Je comprends votre scepticisme, car vous partez du principe, comme tous les scientifiques de toutes époques, que le temps est linéaire. Cet axiome est si profondément ancré qu'il interdit toute hypothèse contradictoire, et pourtant ! Si les ondes changent de couleur à mesure qu'elles s'éloignent de la Terre, c'est qu'elles changent de vitesse. Il doit y avoir une raison, une explication. Le changement de vitesse doit avoir une cause. Quelle est-elle ? Nous n'avons pas la réponse à cette question. La théorie qui affirme que la gravité en est la cause ne tient pas. Compte tenu de leur poids et de leur vitesse, la pesanteur n'a pas de prise sur les ondes. Alors pourquoi ? Pourquoi leur vitesse se modifie-t-elle ? Il doit bien exister une force qui les pousse ou les tire.

— Certes, l'exploration scientifique est faite d'investigations. Il est normal qu'étant jeune mathématicien, votre fougue vous incite à arpenter de nouvelles voies, mais certaines sont sans issue... Peut-être devriez-vous orienter vos recherches dans des domaines plus conventionnels ? Les conclusions que vous avancez sont... irrationnelles, pour ne pas dire impossibles !

— Quand toutes les explications *possibles* ont échoué, ne se doit-on pas d'envisager l'impossible ? L'impossible d'aujourd'hui est le possible de demain. Pendant des décennies, nous avons cru que la Terre était plate. Pourquoi s'interdire de remettre en cause que le temps est linéaire ?

— Et donc, vous suggérez...

— Je ne suggère pas, j'affirme ! Il n'y a qu'une seule explication possible au changement de couleur des ondes. C'est qu'elles n'accélèrent pas !

— Mais enfin ! Vous venez pourtant de nous dire qu'elles accéléraient. Il faudrait savoir !

— Elles accélèrent depuis *notre* référentiel. C'est ce que nous voyons de là où nous sommes. Mais Descartes le premier a démontré qu'il ne fallait pas se fier à nos sens. Un bâton droit plongé dans l'eau nous paraîtra courbé. De la même façon, les ondes nous paraissent changer de vitesse de là où nous sommes, mais un observateur placé sur une autre planète les verra peut-être à vitesse constante. Comme le système métrique est le même dans l'Univers, et que la vitesse s'exprime en temps et en distance. Il est plus que probable que le temps se modifie à mesure qu'on s'éloigne de la Terre. Cette explication - qui bouscule les conventions, j'en conviens - est la seule qui fournisse une explication rationnelle à l'expérience.

— « Rationnelle » ? (Le ton du professeur s'était durci.) Vous nous dites que le temps est une variable et vous appelez ça une explication rationnelle ? Donner une explication aussi hasardeuse pour expliquer un fait qu'on ne comprend pas est loin d'être une analyse scientifique, jeune homme.

Le président du jury reprit la parole afin de faire redescendre la tension.

— Pouvez-vous prouver ce que vous avancez ? Vous vous permettez de piétiner nos théories de référence sur une intuition. Vous auriez dû appeler votre thèse « hypothèse » et non « théorie », vous auriez été reçu avec davantage de considération. Venons-en au deuxième point de votre exposé. Vous poussez votre fronde jusqu'à humilier les plus grands scientifiques de notre temps. Notre communauté a été choquée de votre manque de respect envers nos pères. Quelle prétention faut-il avoir pour se permettre de vouloir corriger les calculs d'Isaac Newton ? Je passe la parole au professeur Holder.

— Merci, monsieur le président. Comme vous venez de le signaler, l'équipe directoriale a été choquée par vos travaux. Nous avons l'habitude que nos étudiants citent les scientifiques les plus illustres, et non les mettent à bas. Comment avez-vous pu imaginer une seule seconde que nous prendrions au sérieux des travaux qui remettent en question les théories d'Isaac Newton ? D'ailleurs, je vais vous le dire franchement : prétendre corriger les calculs de Newton laissera des séquelles dans votre parcours scientifique !

— Je ne les corrige pas, je les précise. C'est plus un ajustement.

— Les calculs de Newton, qui nous servent depuis des décennies à observer le mouvement des planètes, seraient donc imprécis ?

— Newton a élaboré ses calculs d'après ses observations. Mettre en équation le système planétaire d'après de simples observations relève indéniablement du génie. Mais aujourd'hui, nos connaissances sur la gravitation nous permettent d'aller plus loin.

— Pure hypothèse de travail : admettons que nous prenions une photographie de la Lune aujourd'hui. Combien d'années devrions-nous laisser passer pour reprendre le même cliché, et observer une position de la Lune différente entre vos calculs et ceux de Newton ?

— Je dirais entre douze et quinze siècles.

— Je vous repose donc la question : pourquoi jeter le discrédit sur un éminent confrère pour une différence que l'homme ne pourra probablement jamais observer ?

— Nos connaissances s'étoffent à mesure que la science avance. Demain, un autre viendra corriger mes calculs car il aura de nouveaux éléments. C'est le but de toute recherche scientifique. L'ego doit être mis de côté.

— Encore une fois, vous avez des arguments, mais vous ne pouvez pas prouver votre théorie. Elle s'appuie sur une autre de vos hypothèses : l'effet gravitationnel.

— Effectivement. C'est la force la plus puissante, incomparable, incommensurable. Le raisonnement m'apparaît aujourd'hui avec une telle clarté que je me demande comment nous n'avons pas fait le lien plus tôt... Plongez une cuillère au centre d'un pot de miel. Tournez la cuillère sur elle-même à vitesse constante. Au bout d'un moment, vous observerez que la rotation a gagné tout le pot. Il en est de même pour les planètes.

— Les planètes ne sont pas liées entre elles, contrairement à votre exemple. Elles sont séparées par un vide sidéral. Comment pourraient-elles interagir ?

— La force gravitationnelle transcende le vide. Plus l'astre est lourd, plus sa vitesse de rotation est élevée, plus sa force d'attraction est grande. Mon propos n'est nullement de remettre en question les calculs de Newton, mon propos est d'y incorporer l'effet gravitationnel, pour affiner ses calculs.

— Soit. Supposition intéressante. (Le président du jury se cala sur le dossier de son fauteuil, feuilleta les dernières pages du devoir.) Vous faites preuve d'une grande habileté dans le maniement des équations, pour votre âge. Quoiqu'on se perde un peu en chemin, monsieur... monsieur...

— Einstein. Albert Einstein.

— Vous concluez votre thèse par une formule : $E = mc^2$...

La moue du président et le regard dubitatif de ses assesseurs incitèrent l'étudiant à marteler sa vérité :

— Votre raisonnement de scientifique, votre âme de philosophe, votre besoin de vérité, tout vous pousse à ouvrir les yeux sur ce qui est une évidence : $E = mc^2$. C'est aussi simple que ça. Vous devez le voir, le sentir, il ne peut en être autrement. De la même façon que vous savez avec certitude que la Terre est ronde bien que vous ne puissiez le voir, vous devez sentir que l'énergie ne dépend que de la masse et de la vitesse de la lumière. La puissance de cette formule tient en sa simplicité. D'ailleurs, en prenant du recul, n'est-ce pas la logique même ? Il n'y a plus rien de superflu. Plus de gravité, de volume ou de temps, j'ai éliminé toutes les variables.

— L'idée est novatrice, monsieur Einstein. Nous avons été quelque peu décontenancés par la hardiesse de vos calculs. Nul doute que vous avez démontré une agilité hors norme dans le maniement des formules, pour un élève aussi fraîchement diplômé. Mais pour reprendre vos références, comprenez que nous pouvons aisément prendre n'importe quelle figure géométrique et démontrer les théorèmes de Pythagore ou de Thalès. Pouvons-nous appliquer votre théorie en toute chose ? Non. Faute d'exemples ou de matières à étudier. Nous avons donc vérifié vos calculs, seule base crédible pour rendre un jugement. Ils sont ambitieux. À maintes reprises vos dérivés et extrapolations semblent se perdre en conjectures... Malgré tout, vous retombez sur vos pieds, comme si les calculs avaient été biaisés.

— « Biaisés », vous dites ? Montrez-moi une ligne, un chiffre, qui n'est pas le résultat exact de l'opération de laquelle il résulte. Montrez-moi une virgule, une décimale qui n'est pas à son exacte place. Sur-le-champ, j'admettrai m'être fourvoyé. Or, j'ai avancé pas à pas, par syllogisme. Comme Aristote. « Tous les hommes sont mortels, or Socrate est un homme, Socrate est donc mortel. »

— Tout le problème est là. Voyez-vous, il semblerait que vous ayez une telle envie d'affirmer votre vérité que vous êtes peut-être parti du résultat, et avez manié les formules pour en faire une démonstration. Partir de la conclusion fausse le raisonnement, cela reviendrait à dire : « Socrate est intelligent, Socrate est un homme, donc tous les hommes sont intelligents. » Ainsi, chaque prémisse de votre démonstration peut être juste, sans que la conclusion ne soit valable.

L'étudiant resta interdit, sans que mot lui vienne. Il se retrouvait face à une barrière qui tenait plus de l'idéologie que de la science. De pesantes secondes s'écoulèrent sans que lui vînt un nouvel argument. Absurdité de la situation. Lui qui s'attendait à parler chiffres et mathématiques se retrouvait muselé par de vulgaires principes philosophiques.

— Comprenez bien, monsieur Einstein, l'interpella le professeur Holder, qu'à défaut de nous convaincre, votre raisonnement nous laisse songeurs. Ce qui n'est déjà pas si mal. C'est quelque peu culotté de se présenter à l'Académie des sciences en affirmant que les travaux de Newton sont faux. Travaux qui font l'unanimité, dont les résultats ont été maintes fois prouvés ! Et vous avez la prétention de nous expliquer qu'Isaac Newton se trompe et que vous voulez le corriger. Avez-vous réellement cru que nous prendrions parti contre lui ?

Le jury échangea quelques murmures, le laissant au comble de sa solitude. Il était atterré. Lui qui pensait impressionner, voire révolutionner, il était débouté. Relégué à son état d'étudiant.

Le président du jury se retourna enfin pour rendre son verdict.

— Vous avez fait un travail remarquable. La recherche scientifique est une quête perpétuelle de vérité. En ce sens, vous avez pleinement rempli votre devoir. L'intelligence avec laquelle vous avez mené votre étude a fait l'unanimité. Les voies que vous avez ouvertes par vos recherches sont remarquables. Elles ne manqueront pas, j'en suis sûr, d'être reprises par d'autres, pour être éprouvées, complétées et approfondies. Cependant, à défaut de réfuter votre thèse, nous ne pouvons pas la valider. Nous prenons donc acte de vos travaux, espérant qu'un jour, peut-être, l'expérience viendra valider vos théories.

En 1905, Albert Einstein publia sa théorie de la relativité. Elle emporta un tel succès que cette année fut appelée *annus mirabilis* tant elle révolutionnait toutes les théories établies. Plus tard, bien plus tard, une rumeur circula. On dit que seules trois personnes au monde étaient capables de comprendre les calculs d'Einstein. Son jury n'était probablement pas de ceux-là.

*

28 mai 1919, République démocratique de São Tomé-et-Príncipe, Afrique.

Le voyage fut éprouvant. Bateau, train, taxi, routes rocailleuses, sentiers perdus dans une jungle hostile. Arthur Eddington, éprouvé, fourbu, n'avait pas un physique d'aventurier. Son interminable épopée prenait fin devant cet incroyable édifice : l'observatoire de São

Tomé-et-Príncipe. Il possédait onze télescopes différents, la plupart utilisés pour l'étude de la photométrie, dont le dernier, nouvelle génération, d'un diamètre de 1,9 mètre et d'une longueur de 11 mètres, avait fait écho jusqu'en Europe. Les performances de cette lunette avaient convaincu le scientifique d'entreprendre le voyage.

M. Abidou, gardien des lieux et scientifique amateur, l'accueillit chaleureusement, flatté de la visite d'un hôte aussi illustre.

— Bonjour monsieur Eddington. Soyez le bienvenu. Je dois vous dire que j'ai été intrigué par la nouvelle de votre arrivée. Il est rare que les Européens se déplacent jusqu'ici. Je suis un de vos plus fervents admirateurs. J'ai lu tous vos écrits. Mais je me demande ce qu'un scientifique décoré de l'observatoire royal de Greenwich vient faire ici. J'ai lu avec passion votre étude sur l'astéroïde Éros, vos calculs sur la parallaxe solaire. Le prix qui vous a été décerné en 1906 a fait bruit jusqu'ici. Il est légitime qu'en 1912 vous ayez été nommé directeur de l'observatoire de Cambridge. C'est un honneur de vous recevoir.

— Merci, monsieur Abidou, vous me flattez. Mais dites-moi, les performances de votre télescope sont-elles à la hauteur de sa réputation ?

— Elles le sont. Nous avons eu la visite de scientifiques plus ou moins renommés, mais je dois dire que j'ai du mal à saisir l'intérêt que vous lui portez. Du moins, au point de faire le déplacement. Votre spécialité n'est-elle pas l'étude de la luminosité et le mouvement des planètes ? Ici, vous pourrez les voir de plus près, avec une netteté incomparable, mais je ne comprends pas en quoi cela vous aiderait dans l'étude du système solaire...

— Vous fondez vos suppositions sur la courte durée de mon séjour...

— Effectivement. Pour arriver à vos conclusions sur la volute des planètes, il vous a fallu prendre des clichés photographiques pendant toute une année. J'imagine que vous ne resterez ici que quelques jours, d'où mon étonnement.

— Certes. Quelques jours. Mais pas n'importe lesquels.

— J'y ai bien pensé : l'éclipse ! S'il vous fallait des clichés, j'aurais pu vous les faire parvenir. Sincèrement, il n'y a pas grand-chose à apprendre. Toutes les planètes ont été photographiées sous tous les angles, répertoriées, notifiées. Décrire la surface martienne ou les anneaux de Saturne avec plus d'exactitude ne manque pas d'intérêt, mais cela relève de la cartographie et non de votre domaine d'expertise.

— Eh bien, peut-être suis-je donc là pour voir l'éclipse solaire ?

— J'en doute. Ce sera esthétique, assurément, mais vous êtes là pour le savoir et non pour le beau. Si ce sont de belles photos qui vous intéressent, j'en ai des tonnes. Je peux vous dire que toutes les planètes ont été scrupuleusement étudiées, sous toutes leurs facettes.

— Toutes les planètes, dites-vous ?

— Oui... toutes. (M. Abidou marqua une pause, comme interpellé par la question.) Toutes sauf une, bien évidemment.

— Vous voyez qu'il y a donc encore matière à étudier.

— Vaine espérance. Vous savez mieux que quiconque que Mercure est bien trop proche du Soleil pour être observée. J'ai essayé. Mais son intensité est trop faible et l'intensité du rayonnement solaire, trop variable. Les filtres les plus opaques nous la dissimulent. Les plus légers sont insuffisants, le soleil est trop aveuglant.

— Le meilleur des filtres ne serait-il pas la Lune ?

— L'éclipse solaire ? Vous voulez profiter de ce que la Lune cache le Soleil pour observer Mercure ?

— Est-ce faisable ?

— Ma foi... oui, mais vous ne disposeriez que de quatre à sept minutes, tout au plus. Ce qui vous permettrait de prendre quatre ou cinq clichés. La fenêtre de tir est étroite.

— Mais c'est possible...

— En théorie, oui. En pratique, c'est un peu plus compliqué. Nous aurons environ quatre minutes pour calibrer le télescope, adapter la bonne lentille, mettre le filtre adéquat et trouver Mercure. En admettant qu'elle ne se trouve ni trop proche du Soleil, ni derrière lui, il faudra alors faire le point avec l'appareil photo dans la poignée de secondes qu'il nous restera. Le résultat n'est pas garanti pour autant : une intensité solaire trop fluctuante gommerait Mercure de l'image.

— L'ombre de la Lune ne repasse qu'une fois tous les trois cent soixante-dix ans au même endroit sur la Terre. Demain, la Lune et le Soleil seront alignés juste au-dessus de votre télescope. Vous me dites que nous n'aurons que quelques minutes : c'est court, mais c'est maintenant ou ce ne sera probablement jamais...

— Le changement de filtre prend du temps et la mise au point en demande tout autant. Je crains qu'après ces manipulations vous n'ayez en réalité qu'une minute, deux tout au plus, pour photographier Mercure. Malheureusement, comme je vous l'ai signalé, elle n'a jamais été observée, nous gagnerions de précieuses secondes si vous connaissiez sa position exacte.

— Il n'en est rien. Les connaissances de la volute de Mercure autour du soleil sont purement théoriques. Quelques scientifiques ont émis des hypothèses, mais qui n'ont jamais été avérées. Avec un peu de réussite, quand la Lune viendra se placer devant le Soleil, Mercure nous apparaîtra en surbrillance dans le secteur sud-est.

— Si vous réussissez, monsieur Eddington, vous réaliserez les toutes premières photos de Mercure, c'est très enthousiasmant !

— Effectivement. Cent vingt secondes d'observation, et qui sait quand nous aurons de nouveau une pareille occasion... Il s'agit d'être au rendez-vous que le ciel nous a fixé.

Le 29 mai 1919, bien que la météo fût capricieuse, Arthur Eddington parvint à prendre trois clichés de l'éclipse. Sur les plaques photographiques, de piètre qualité, apparaissait très nettement une minuscule planète : Mercure.

Passée l'euphorie de la réussite de l'opération, Eddington s'installa au bureau pour se mettre au travail. Le gardien du télescope avait bien envie de disserter sur l'effet qu'allaient avoir ces photos sur le monde scientifique, il avait du mal à calmer l'ardeur de son excitation, mais déjà Eddington paraissait absent. Plongé dans ses écrits, le scientifique ne relevait la tête que pour mieux considérer un calcul.

Au petit matin, M. Abidou le retrouva à la même table. Les cahiers de calculs, les feuilles en boule jetées à terre, le désordre, tout signait l'intense nuit de réflexion du scientifique. Puis, soudain, Arthur Eddington se leva et, presque hagard, fit face à M. Abidou tandis que son crayon lui échappait de la main :

— Il avait raison.

— Qui ?

— C'est incroyable, c'est inimaginable, ça dépasse l'entendement !

— Qui avait raison ?

— Comment peut-on... à partir de rien... c'est impossible. Et pourtant, je suis là, me tenant devant vous, la preuve à la main. Obligé de croire, de se rendre à l'évidence... j'ai refait les calculs dix fois, ils sont justes. Le doute n'est plus permis.

— Vous avez fait une découverte ?

— Moi ?

— Oui, vous, qui d'autre ?

— Un autre. Un génie.

— Et qui ? Vous êtes le seul à avoir les photos. Le seul à connaître la position exacte de Mercure. Qui d'autre que vous ?

— Einstein. Albert Einstein. Rendez-vous compte, il y a quinze ans, sans aucune possibilité de vérifier concrètement où se situait Mercure, il en donna l'exacte position par le calcul issu d'une équation de sa découverte. Newton avait tort, la gravité influe sur la volute des planètes, Einstein l'avait compris avant tout le monde.

Arthur Eddington rendit publique sa découverte. Elle corroborait en tout point les prédictions d'Einstein. Le monde scientifique s'intéressa aux travaux d'un Allemand qui jusque-là n'avait une popularité que nationale. Le fait qu'une théorie allemande fût corroborée par un Anglais un an après la Première Guerre mondiale fit office de symbole en faveur de la paix. Grâce à cette expérience, Einstein devint célèbre dans le monde entier du jour au lendemain.

LES LÉGENDES DU FCSM

CHAPITRE 1

Les vestiaires

Dimanche matin. Sacro-saint dimanche matin, c'est jour de foot ! Je joue un match de championnat avec une équipe de légende, mon équipe : l'équipe réserve des vétérans du football club de Saint-Mandé. Du haut niveau : la quatrième et dernière division de district.

J'entre dans les vestiaires, peu de joueurs sont présents. Didier, notre entraîneur, arrive à son tour. Il ne s'est jamais habitué aux retards perpétuels des joueurs. Il demande où sont les absents. Thomas lui répond :

— Richard et Jaco sont déjà arrivés, ils ont mis leur maillot, short et crampons, ils sont prêts.

— Ils sont déjà sur le terrain à l'échauffement ?

— Non, ils sont au bistro d'en face en train de boire une bière...

— Et Samir, il est où ?

— Il est chez lui en train d'éponger. Un problème de fuite ou de liquide avec sa femme. Je n'ai pas bien compris l'explication...

— Et Lucas ?

— Lui, il ne va pas tarder, il termine son petit déjeuner à *La Maison du Cassoulet* et il arrive.

— Ce n'est pas sérieux ça, les gars, on joue dans... on devrait déjà être en train de jouer ! Et Fred, il n'est pas là ?

— Bah si, il est là !

Didier regarde alors au ras du sol et voit que Fred est suspendu, les deux mains agrippées au banc en train de faire des tractions. Fred a pris l'habitude d'être charrié sur sa taille. Il tente de compenser en faisant des abdos dès qu'il en a l'occasion.

Samir arrive et explique qu'il est en retard car sa femme a perdu de l'eau. Il l'a amenée à l'hôpital, le médecin lui a dit que son travail avait déjà commencé. Alors Samir lui a présenté ses excuses pour le retard et lui a dit qu'il passerait la chercher dès que son travail serait terminé.

Didier lui demande où est Abbas.

— Il est chez Mémette ! répond Samir.

— C'est qui, Mémette ?

— C'est un hammam rue de Belleville.

Didier commence à s'énerver.

— Marco m'avait dit qu'il serait là vers 8 h 30 !

Thomas lui indique qu'il a effectivement vu Marco en arrivant dans la petite cour derrière les vestiaires.

— Je vais le chercher ! indique Samir, et d'un bond il sort pour rejoindre son copain.

Marco fait instantanément tourner son joint à Samir, et les deux joueurs, assis sur un petit muret, profitent d'un petit moment de calme et de sérénité.

Arrive Lionel, que personne n'attendait. Il a très envie de jouer. Il demande à Didier de lui donner un peu de temps de jeu. Didier lui répond que ce n'est pas sérieux. Qu'il revient après de multiples blessures et qu'il n'a pas totalement récupéré de son entorse du genou, de sa pubalgie, de sa tendinite du coude, de sa fracture de la main, et lui demande s'il a consulté pour ses hémorroïdes. Lionel insiste, mais Didier lui dit de revenir mercredi pour l'entraînement et que si ça se passe bien, dimanche prochain il pourra jouer.

9 h 15. L'équipe est au complet dans le vestiaire. Philippe, le président du club, costume trois-pièces, nous fait le même discours qu'il a écrit en 1978 lors de sa prise de fonction :

— Les gars, on a montré de bonnes choses ces dernières semaines. On monte en puissance. On sent qu'il se passe quelque chose. Il est temps de concrétiser. Ce match est un match-test. Je vous rappelle qu'on a trois gros matchs à venir. Aujourd'hui, on joue contre les Portugais borgnes de Créteil, la semaine prochaine contre l'Association gériatrique de Valenton, et dans deux semaines contre le Club des parkinsoniens d'Ormesson.

Didier prend la parole :

— On a travaillé les appuis à l'entraînement, alors n'oubliez pas notre objectif : faites-moi de beaux appuis pendant le match ! Pensez à bien fléchir les genoux. Composition de l'équipe : Abbas, demi gauche, Lucas, demi gauche...

Lucas l'interrompt pour lui signaler qu'ils sont deux au même poste.

— C'est normal, reprend Didier. Pour bien renforcer le milieu, on va jouer avec trois demis gauche, trois demis droit et quatre milieux centre. Yann dans les buts, mais n'hésite pas à monter quand on a le ballon pour apporter le surnombre au milieu. Cette fois-ci, on rencontre une équipe mieux classée que nous, alors il va falloir être motivés, et faire de beaux appuis.

Discrètement, Lucas fait remarquer à Samir qu'étant derniers, toutes les équipes sont mieux classées que nous. Samir lui dit que non, qu'on est avant-derniers car il y a une équipe qui a abandonné. Fred intervient pour leur dire qu'on a perdu tous nos matchs, et comme on a pris quarante-huit buts, on est quand même derniers au goal-average. Lucas lui répond qu'on aurait mieux fait de ne pas jouer, comme ça on serait avant-derniers ex æquo.

Didier reprend :

— Lakhdar, aujourd'hui j'ai décidé de te faire confiance, tu vas jouer tout le match. Mais tout seul, sur le terrain d'à côté.

Lakhdar, qui a la particularité d'avoir une mobilité des deux yeux indépendante qui lui confère une vision panoramique à 360 degrés, affiche un grand sourire. Une bonne dizaine d'années qu'on lui demande de faire des passes, mais rien à faire. Quand il reçoit le ballon, il le garde !

— Prenez chacun un short et un maillot, et on se retrouve sur le terrain pour l'échauffement.

Nous prenons un maillot vert avec un brassard blanc au bras gauche qui nous donne à chacun l'impression d'être le capitaine de l'équipe, et un short XXL, seule taille disponible. Bien qu'il fasse froid, Fred est le seul à faire un ourlet pour ne pas marcher dessus.

9 h 20. Nous sommes tous sur le terrain et de petits groupes de discussion s'organisent. Marco se roule un dernier joint, Richard et Jaco terminent leur verre de whisky, et nous parlons de nos enfants. Samir ne comprend pas que l'obstétricien de sa femme l'ait mise au travail alors qu'elle ne va pas tarder à accoucher. Richard avoue que la semaine dernière, après le match, il a bu deux magnums de whisky, au cul de sa voiture, tout seul sous la pluie. Et Philippe lui confie que sa femme de vingt-deux ans aimerait bien avoir des enfants, mais qu'à cinquante-huit ans il ne sait pas s'il a vraiment envie. Richard, le capitaine de l'équipe, décide de prendre l'échauffement en main. 1,92 mètre pour 118 kilos - il a été recruté au club de sumotori de Joinville-le-Pont à l'intersaison. Nous entamons une série d'allers-retours sur une moitié de terrain qui met tout le monde KO.

Alain, vêtu de chaussures de randonnée, d'un survêtement Adidas déchiré au genou droit, d'un bonnet de ski en laine et de son éternel pull Lee Cooper qu'il n'a plus quitté depuis le printemps 1982, va arbitrer le match. Pour lui, arbitrer consiste à se mettre au centre du terrain et pivoter sur lui-même pour suivre le ballon des yeux. Ancien chef de gare, Alain, quatre-vingt-deux ans, a le sifflet facile, mais il n'est pas trop au courant des règles du football puisque son truc à lui c'était plutôt le bilboquet ! Il nous fait signe que le match va commencer. Nous prenons chacun notre place.

CHAPITRE 2

Le match

Coup d'envoi de l'équipe adverse. Toute notre équipe se replie machinalement dans la surface de réparation. Je reste seul sur la ligne médiane à regarder mon équipe patauger dans la gadoue, à tenter de récupérer la balle tout en restant debout.

8e : nos adversaires ont déjà eu huit occasions de but, mais nous résistons bien.

10e : René arrive et demande les clefs du vestiaire.

12e : Didier décide de faire des changements. Sortie de Jaco et rentrée de Stéphane. Samir passe arrière gauche, Marco demi droit, Guillaume ailier gauche, et Abbas centre droit. Les joueurs commencent à échanger leurs maillots pour avoir le numéro qui correspond à leur place. Guillaume, qui hérite du numéro 12, déçu, va s'asseoir sur le banc. Avant d'être rappelé par Didier, qui lui rappelle que sa place est quart gauche, une place qui se situe entre le demi gauche et le centre droit.

14e : Afrédo, soixante-deux ans, reçoit un ballon et sprinte pour déclencher une contre-attaque.

16e : Afrédo atteint la ligne médiane, perd la balle et nous dit quelque chose en franco-portugais que tout le monde fait semblant de comprendre.

18e : Karim récupère un bon ballon dans le rond central. Mais sans que personne ne sache pourquoi, Marco pique un sprint de vingt mètres et, d'un tacle glissé, il cisaille les deux membres inférieurs de son coéquipier. Alain n'hésite pas une seconde et siffle penalty contre nous.

19e : but ! Nous sommes menés 1-0. Didier demande aux avants de venir aider à défendre pour préserver le score.

20e : changement. Sortie de Marco et rentrée de Jaco en tant qu'arrière droit. Ce dernier pose son verre de whisky sur *Le Parisien* qu'il était en train de lire, éteint sa cigarette et vient se positionner machinalement ailier gauche.

22e : nouveau changement. Rentrée de Lakhdar et sortie de Jaco. Il rallume sa cigarette, se ressert un whisky et se replonge dans son journal.

25e : Richard s'interpose sur une frappe adverse. Fred est le premier sur le ballon. Il donne à Lakhdar, qui fait un crochet à gauche, un crochet à droite, un demi-tour sur lui-même et perd le ballon.

27e : nous sommes tous dans la surface de réparation pour défendre sur un corner adverse. Abbas dégage et je récupère un ballon de contre-attaque à soixante-dix mètres des buts adverses. Je tente de courir le plus vite possible, arrachant mes pieds de la gadoue collante pour semer les deux défenseurs qui m'ont pris en chasse. Chaque pas me coûte, mes cuisses me brûlent. Je suis à bout de souffle et j'ai des points blancs devant les yeux alors que je n'ai même pas atteint la ligne médiane. Fixant les cages adverses, puisant dans mes réserves, je parviens à vingt-cinq mètres du but, portant avec moi tous les espoirs de mon équipe. Sentant venir le libéro, je m'arrête tout net avec la balle, solide sur mes appuis. Horizontalement, je vois passer devant moi, en glissade, les deux semelles du défenseur qui manquent de me fracturer les deux chevilles. J'ai le temps de me retourner pour constater que toute mon équipe est restée dans notre surface de réparation. Je me retrouve face à face avec le dernier défenseur. Une feinte de corps à gauche et je passe à droite. Je réunis toutes mes forces pour frapper la balle le plus puissamment possible. Une frappe de titan et le ballon fait un bond de deux mètres cinquante et roule péniblement jusqu'aux pieds du gardien. Les deux mains sur les genoux, complètement asphyxié, je dois redescendre car je suis en position de hors-jeu. Mon équipe est complètement dépitée.

28e : Richard signal à l'arbitre que le ballon n'est pas assez gonflé. Les remplaçants nous envoient une dizaine de ballons. Tous autour de l'arbitre, les ballons passent de main en main et nous échangeons nos impressions sur les qualités de chaque ballon. Finalement, Alain siffle et choisit de continuer avec le même ballon.

29e : changement. Sortie de Guillaume, qui a couru dix-huit kilomètres mais n'a pas touché une seule fois le ballon. Rentrée de Diego. Lucas lui demande au passage s'il a pu voir s'il y avait assez de charcuterie pour la troisième mi-temps.

30e : Lucas fait un petit moulinet avec les mains pour indiquer à Philippe qu'il veut sortir. Une demi-heure qu'il ne s'est pas assis, ses jambes commencent à fatiguer. Philippe regarde le banc de touche. Guillaume est parti à la cafétéria. René a dû se perdre sur le chemin entre le vestiaire et le terrain. Et Jaco, allongé sur le banc avec le journal sur le visage, s'est endormi.

30e : Alain siffle la mi-temps avec un quart d'heure d'avance. Mais comme le score de 1-0 contente les deux équipes, personne ne dit rien.

Philippe et Didier nous réunissent sur le banc. Philippe prend la parole :

— Les gars, on a montré de bonnes choses pendant cette mi-temps. On monte en puissance. On sent qu'il se passe quelque chose. Il est temps de concrétiser. Je vous rappelle que ce match est un match test.

Samir, qui est au téléphone avec sa femme, nous annonce que sa femme a accouché. Il a un petit garçon. Il est papa. Nous allons tous l'embrasser pour le féliciter. Il dit à sa femme qu'il l'aime et lui promet de la rejoindre vers midi, dès la fin du match. Alain nous annonce que puisqu'il a sifflé la mi-temps trop tôt, il laissera jouer une heure pour la deuxième mi-temps. Richard sert un verre de champagne à Lucas, qui lui demande s'il n'aurait pas un peu de charcuterie. Marco se roule un joint et Philippe dit à Didier qu'il hésite à se laisser pousser la moustache.

Didier prend la parole :

— Bon, les gars, s'il vous plaît, écoutez, on a montré de bonnes choses pendant cette mi-temps. On monte en puissance. On sent qu'il se passe quelque chose. Il est temps de concrétiser.

Philippe lui fait remarquer que ça, c'est son discours.

— Et tu ne leur parles pas du match test ?

René arrive et demande le score. Jaco lui dit qu'on est menés 1-0. Devant ce bon résultat, René a presque envie de demander qui a marqué. Il s'assoit sur le banc, commence une partie de Candy Crush sur son téléphone portable, et demande à Richard s'il n'aurait pas quelque chose à boire.

Didier reprend :

— Je vous rappelle la stratégie : tous en défense dans la surface de réparation ! Si par hasard vous récupérez un ballon, frappez le plus loin possible et Karim ira le chercher pour marquer un but.

Coup d'envoi de la seconde mi-temps. Nous sommes tous bien en place. Philippe nous coache depuis la ligne de touche. Il veut faire passer un message à Didier, qui est à l'autre bout du terrain. Avec la pluie et le vent, il est obligé de crier pour se faire entendre. Il demande à Lucas de dire à Abbas de dire à Didier de ne pas jouer trop bas. Lucas demande à Abbas de demander à Didier s'il faut commencer à faire chauffer les plats.

Abbas transmet à Didier que Philippe veut savoir s'il a prévu une galette des rois. Didier lui dit qu'il faut tenir et que nos adversaires vont finir par faiblir. Abbas transmet à Lucas que s'il veut maigrir il a intérêt à courir. Lucas répète à Philippe que pour plus de plaisir il a intérêt à se faire circoncire. C'est l'incompréhension générale. En moins de trente secondes, toute l'équipe s'est regroupée autour de Philippe et Didier pendant que l'équipe adverse fait un taureau autour Karim.

35e : Yann s'étend de tout son long et fait une magnifique parade. Il nous crie de monter avant de faire un long dégagement au pied. Toute l'équipe l'écoute et remonte jusqu'à la ligne des dix-huit mètres, prête à se replier. Long dégagement de Yann, le ballon atterrit six mètres plus loin dans les pieds de Richard. D'une frappe de brute, il envoie le ballon dans le camp adverse. Karim s'arrache, et envoie valser les deux défenseurs avec deux coups de coude. Alain n'a rien vu, il avait retiré ses lunettes pour régler son chronomètre. Karim arrive dans la surface de réparation, fixe le gardien, et buuuuuut ! Karim égalise : 1-1. Toute l'équipe laisse exploser sa joie. On se saute dans les bras, on s'embrasse, Richard ouvre une bouteille de champagne.

36e : pendant qu'on se congratule les uns les autres, le numéro 10 adverse reçoit le ballon sur l'engagement, fonce droit sur les buts, passe devant Karim qui est en train de téléphoner à sa femme pour lui dire qu'il a marqué, frappe en pleine lucarne et marque un deuxième but. Nous sommes de nouveau menés, 2-1. Tous les regards accusateurs se tournent vers Karim, qui, lui, n'a marqué qu'un seul but.

37e : notre joie a été de courte durée. Richard va poser sa bouteille de champagne derrière les buts et en profite pour aller chercher la balle dans les filets.

42e : Abbas va au pressing. Un contact musclé : d'un coup d'épaule, il envoie l'attaquant adverse valser à trois mètres et récupère un bon ballon dans notre surface de réparation. Il transmet à Fred, qui transmet à Richard. Philippe se satisfait de voir qu'on a enfin réussi à faire deux passes consécutives. Richard me voit démarqué et me l'envoie en profondeur. Je fonce, après une course de soixante mètres je me présente seul face au gardien. Je l'ajuste et, du plat du pied, je frappe le ballon dans les buts ! Buuuut ! Yessss ! Refusé ? Pourquoi ?! Lakhdar était hors-jeu ? Je tente d'expliquer à Alain qu'il ne peut pas y avoir hors-jeu puisque je suis parti seul depuis ma moitié de terrain. Mais Alain me dit qu'Abbas a eu un contact trop musclé dans notre surface de réparation, qu'il a laissé jouer l'avantage, mais comme ça n'a rien donné, il revient à la faute au départ de l'action. Alain se fait un kiff. Il se met à siffler à tue-tête et traverse tout le terrain en courant en indiquant notre point de penalty avec son doigt.

45e : le tireur, qui a désormais comme nous tous les deux pieds enfoncés dans la gadoue jusqu'à mi-mollet, se met en position. Fred nous rejoint en dos crawlé.

Le tireur s'élance, arme sa frappe, glisse et dévisse complètement.

54e : changement. Qui sort ?... Moi ? Quoi ? Moi ?! Mais vous êtes complètement malades ? C'est moi qui sors ? Mais comment pouvez-vous vous passer d'un joueur de génie comme moi ? Mais vous êtes tous devenus cinglés, ma parole ! Se priver d'un joueur comme moi ne serait-ce qu'une minute, mais c'est criminel ! Oui, monsieur, criminel ! Comment pouvez-vous ne serait-ce que penser à me faire sortir ? C'est une atteinte aux Droits de l'homme. Oui, monsieur. J'ai payé pour jouer, moi. Qu'est-ce que c'est que cette bande d'escrocs ? Alors quand il faut payer la licence, ils sont là, les vautours, mais quand il s'agit de me faire jouer, il n'y a plus personne... C'est scandaleux ! Vous ne savez pas qui je suis, moi ! Vous allez trouver à qui parler, je vais vous envoyer mon avocat, ça ne va pas traîner... En marchant vers le banc de touche, j'indique clairement à Philippe que pour les troisièmes mi-temps, le foie gras et le saumon fumé, c'est terminé !

62e : Fred récupère le ballon aux dix-huit mètres, il transmet à Diego qui est démarqué, qui envoie instantanément à Karim dans la profondeur. Karim court. Toute l'équipe s'est arrêtée pour l'encourager en chœur : « Allez Karim ! Allez Karim ! » Il récupère le ballon sur le côté et adresse un bon centre à Lakhdar. Ce dernier, mimant une faute adverse, fait un plongeon spectaculaire accompagné d'un cri déchirant. Avant de se rendre compte qu'il est tout seul dans la surface de réparation. Il se relève comme si de rien n'était et repart la queue entre les jambes.

74e : assis sur le banc, je discute avec Guillaume et Jaco. Je propose à Lionel de venir s'asseoir avec nous, mais il me dit qu'il préfère rester debout à cause de ses hémorroïdes. Il nous confirme qu'il sort d'une longue série de blessures, mais qu'il est enfin prêt à reprendre l'entraînement avec nous mercredi.

83e : je fais les cent pas devant le banc, trépignant avec l'envie de jouer. Arrive alors Philippe, qui a fait un aller-retour aux vestiaires pour chausser ses crampons et prendre un maillot. Il fait signe à l'arbitre qu'il va rentrer à la place de Marco. Je n'en crois pas mes yeux ! J'hallucine ! Je me dis alors qu'ici aussi, c'est piston et compagnie !

87e : depuis le banc, nous assistons à une belle action collective. Diego donne à Fred, qui transmet à Didier. Il lève les yeux à gauche et aperçoit Lakhdar au milieu de quatre adversaires sautillant sur place les deux bras en l'air : « À moi ! À moi ! À moi ! ». Il se ravise et pousse le ballon à droite. Lucas, dont la vitesse de pointe est à peu près la même quand il court que quand il marche, soulève son ventre avec ses deux mains et fait l'effort de tendre la jambe pour intercepter le ballon. D'un pointu, il transmet à Samir qui déborde sur l'aile droite. Un crochet et il adresse un centre à Diégo. Nous nous levons du banc les yeux pleins d'espoir. Diégo frappe mais la balle passe à côté. Déçu, Lionel s'assoit lourdement sur le banc, pousse un petit cri et se relève aussitôt.

92e : blessure et sortie de l'arrière gauche adverse. Ils n'ont pas de remplaçants, ce qui nous met à égalité numérique, si l'on considère que Philippe ne veut pas courir pour ne pas salir ses chaussures toutes neuves.

98e : Alain n'a toujours pas sifflé la fin du match puisqu'il a perdu son chronomètre. Tout le monde s'arrête et cherche le chronomètre d'Alain.

106e : Samir récupère le ballon dans notre surface de réparation et accélère le long de la ligne. Au moment où il passe devant nous, sans que personne ne sache pourquoi, Marco se lève du banc, pique un sprint de vingt mètres et, d'un tacle glissé, il lui cisaille les deux membres inférieurs. Les esprits s'échauffent. L'entraîneur adverse réclame un carton rouge contre Marco. Alain est sur le point de siffler le penalty. Philippe intervient en expliquant que la faute était sur un de nos joueurs et qu'il n'y a pas lieu de prévoir une sanction. Alain prend le ballon et propose un coup franc aux dix-huit mètres en guise d'arrangement. Le terrain ressemble désormais à un marécage géant. « Combien de joueurs dans le mur ? » demande Richard. « Dix ! » répond Yann. Tandis que nous essayons de faire un mur compact, Samir marche accidentellement sur l'épaule de Fred. Richard le soulève du sol et l'assoit sur son épaule gauche. Le tireur s'élance, glisse et rate complètement sa frappe. Le ballon passe à gauche de la tête de Richard, emportant Fred avec lui qui enlace le ballon des deux bras et s'y accroche tant bien que mal. Fred est pris en sandwich quand le ballon s'écrase contre la barre transversale, et perd connaissance. Heureusement, Yann le récupère avant qu'il ne se noie dans une flaque d'eau. Le tireur se relève et réclame à Alain de recommencer puisqu'il a glissé. Notre équipe conteste fermement, un attroupement se crée autour d'Alain. Ce dernier décide de marquer son autorité. Il court vers le banc de touche et adresse un carton jaune à Marco, qui était tranquillement assis.

120e : Alain a retrouvé son chronomètre, qui était dans sa poche. Il réalise que le temps réglementaire est dépassé depuis plus de vingt minutes et qu'on n'a toujours pas joué les arrêts de jeu. Il s'empresse d'annoncer dix minutes de temps additionnel.

129e : Didier, grand prince, fait signe à l'arbitre d'un changement et m'appelle pour jouer la dernière minute du match. Richard sort. Tandis qu'il trottine pour me rejoindre, il enlève son brassard et me le tend avec un sourire complice. Moi, capitaine. J'en rêve depuis l'âge de cinq ans. C'est le plus beau jour de ma vie. J'ai presque envie de l'embrasser. Mais avant qu'il ne passe la ligne, Didier passe devant, intercepte le brassard et le met à son bras. Je rentre sur le terrain et Didier me dit de prendre la place de libéro. Je lui réponds que sa place de libéro, il peut se la coller au cul, et je vais me placer à la pointe de l'attaque.

130e : Abbas récupère le ballon et passe à Samir, qui me fait une passe en profondeur. Je contrôle et j'accélère. Je fais un grand pont imaginaire à l'arrière gauche absent puisqu'il est sorti sur blessure il y a vingt minutes. Le gardien sort à ma rencontre. Je me retourne et passe en retrait à Karim, qui n'a plus qu'à pousser la balle dans le but vide. Buuut ! Nous nous retournons instinctivement vers Alain pour vérifier qu'il n'y a pas hors-jeu, touche, corner ou penalty. Alain confirme : égalisation 2-2. C'est l'euphorie générale. C'est le meilleur score du club de ces cinq dernières années. On se saute dans les bras. Fred enlace le genou de Karim et Richard termine la bouteille de champagne.

131e : Alain siffle la fin du match. Avec un large sourire, nous serrons la main de nos adversaires. Essayant de dissimuler la joie qui est la nôtre, pour ne pas montrer à quel point ce match nul est une victoire, nous regagnons les vestiaires en marchant.

Sur le chemin, Abbas remercie Alain de ne pas avoir donné un carton rouge à Marco pour son tacle glissé. Alain lui explique que s'il avait mis carton rouge, il aurait dû aller remettre la feuille de match à la ligue en main propre. Mais il n'a pas le temps car il sera absent la semaine prochaine. Il va à Melun pour suivre une formation d'entraîneur, car Didier va démissionner, et il sera sûrement notre entraîneur l'année prochaine...

À peine arrivés dans les vestiaires, les cris et les chants se font entendre. Richard ouvre une bouteille de champagne et toute l'équipe se met à sauter comme un seul homme : « Pooo-po-lopopopo-pooo... » Lionel, pris par l'enthousiasme général, attrape Abbas et Didier par les épaules pour sauter avec eux. Mais en retombant, Didier lui marche sur le pied et lui fracture instantanément les cinq métatarsiens. Ce sera quatre mois d'arrêt supplémentaires pour Lionel.

Je me déshabille et prends ma douche sous un petit filet d'eau qui n'a pour pression que la force de la pesanteur. Je m'habille dans une ambiance de fête et de victoire. Nous avons tous l'impression d'avoir gagné la finale de la Coupe du monde. Fin prêt, je sors avec Lucas et nous nous dirigeons vers la voiture de Didier pour boire un petit coup, vite fait, avant de rentrer chez nous.

CHAPITRE 3

La troisième mi-temps

Nous sommes tous sortis des vestiaires pour rejoindre la Kangoo jaune de Didier sur le parking. Il ouvre les portes en grand, met Ado FM et sort la charcuterie. Samir et Marco se servent un verre de whisky et se roulent un joint en dissertant sur les bienfaits du sport sur l'organisme. Fred me pince le mollet et me demande une clope. Ce point du match nul nous fait automatiquement passer avant-derniers. Ce n'est pas que nous risquions de descendre, nous jouons déjà dans la dernière division, mais nous aurons quoi qu'il arrive marqué plus de points que l'année dernière ! L'esprit est festif, nous rions, nous buvons, nous chantons. La bonne humeur est partagée par tout le monde. Philippe explique à Thomas que ce point obtenu est le fruit de plusieurs dizaines d'années de travail à la présidence du club. Lucas se fait un sandwich avec le gras du jambon que les autres ont laissé.

L'alcool aidant, emporté par l'euphorie du moment, Didier monte le son de sa radio, tombe la veste et se lance dans une démonstration de zumba. Les passants et les sportifs qui sortent du stade viennent grossir le cercle qui s'est formé autour de lui. Chauffé par les applaudissements et les acclamations de la foule, il se met torse nu et improvise une imitation de Michæl Jackson. Mais son show prend fin juste après le moonwalk, quand il se déchire les adducteurs en tentant un grand écart facial. Richard débouche un magnum de whisky, Philippe explique à Jaco que ce point obtenu est le résultat de dizaines d'années de travail à la présidence du club. Marco roule un joint et appelle Samir en lui disant qu'il n'a pas mis de tabac parce que le tabac, c'est mauvais pour la santé. Il est 14 h 45 et Samir lui répond que c'est le dernier car il doit rejoindre sa femme à la maternité à midi maximum.

Pendant que la foule se dissipe, nous voyons sortir du stade l'équipe 1. Comme chaque dimanche, nous les saluons d'un signe de tête. Nous ne les connaissons pas bien. Ils doivent s'entraîner à un horaire différent ou dans un autre stade, car nous ne les voyons jamais à l'entraînement. Quelques-uns viennent toutefois se joindre à nous. Jo est nouveau dans la région, il a joué pendant toute sa carrière chez les Anorexiques anonymes du Pas-de-Calais. Laurent, leur entraîneur, est au téléphone. Il répète la même phrase pour la quatrième fois. Ça fait quinze ans que le micro de son Motorola 2000 est cassé et qu'on n'entend absolument rien de ce qu'il raconte. Il a bien essayé de communiquer par textos, mais c'est un exercice difficile quand on est dyslexique. Louis vient se servir un verre et s'éloigne rapidement pour ne pas être vu en compagnie de joueurs de l'équipe réserve. Il est suivi d'un petit homme chauve au physique du Passe-Partout de Fort Boyard mais sans les clefs. Il nous dit qu'il s'appelle Grégoire et qu'il est pompier, mais sa présentation tourne court car sans que personne ne sache pourquoi, Marco pique un sprint de vingt mètres et, d'un tacle glissé, il lui cisaille les deux membres inférieurs. Grégoire se relève tout rouge de colère, lui montre son égratignure, lui dit qu'il saigne et que c'est super-dangereux car il peut attraper une conjonctivite ! Il se tourne vers le président, lui dit que Marco est un con, qu'il va déchirer sa licence, et s'éloigne en pleurnichant. Tandis que Jaco vomit derrière la voiture, Richard ouvre une bouteille de porto. Jean se mêle au groupe.

Jean est un pur produit de la banlieue parisienne. Avec ses huit mots de vocabulaire, il parle encore à cinquante-deux ans comme son fils de quatorze ans. Il essaye d'engager la conversation avec Abbas :

— Wesh Babas, ça va bien ou bien ? Putain c'te match de ouf qu'on a fait, sur la vie d'ma reum ! À un moment, j'vais pour péfra au tebu, et sur la tête de oim, v'là que c't'enculé de défenseur il m'chourave la balle. Putain, comment j'étais vénère Babas... J'me suis fait un splif pour m'calmer, mais il m'a tout desséché l'gosier. Y a moyen d'avoir un godet, frère ?

Abbas lui explique calmement qu'il est fils unique et que compte tenu de ses origines, il est peu probable qu'ils soient de la même famille.

J'aperçois alors Alain. Il a récupéré son déambulateur et se dirige doucement vers le parking. Sans que personne ne sache pourquoi, Marco pique un sprint de vingt mètres, titube, perd l'équilibre, et vient percuter une poubelle qui se trouve à proximité. Sonné, il reste un moment assis au milieu des déchets. Alain rejoint tranquillement le VSL qui est venu le chercher pour le raccompagner à l'hospice de Saint-Maurice. Richard débouche une bouteille de rhum. Jaco s'allonge par terre à côté de la voiture et cale confortablement son sac de foot sous sa tête pour somnoler un peu. Philippe regarde autour de lui pour chercher à qui il n'a pas encore dit que ce point marqué est le résultat de plusieurs dizaines d'années de travail à la présidence du club.

J'aperçois alors François de l'autre côté de la route. Chaussures trouées, pantalon troué, chemise trouée, et lunettes cassées maintenues par un petit sparadrap blanc. François est persuadé depuis plus de trois ans d'être le président du club, mais personne n'a jamais osé lui dire que c'était une blague. Plusieurs bouts de plastique multicolores dépassent de son sac de sport. En me voyant, il me montre la bouteille de « La Villageoise » qu'il a ramenée pour faire la fête avec nous. Mais avant de traverser la route, il est interpellé par deux gendarmes et conduit au poste pour « vagabondage sur la voie publique ».

Marco nous dit qu'il est temps qu'il rentre chez lui et s'en va après nous avoir salués. Je m'aperçois alors qu'Afrédo est en train de me parler en franco-portugais depuis dix minutes et que je n'ai aucune idée de ce qu'il me raconte.

Vingt minutes plus tard, Marco revient en nous disant qu'il ne trouve plus sa voiture.

— C'est normal, lui répond Richard, étant donné que tu es venu en RER.

Marco fait un signe de tête pour souligner l'évidence de la chose, et s'en va dans la direction opposée au RER.

Il est déjà 18 h 30, Richard débouche une bouteille d'eau, se rince les mains, puis débouche une bouteille de champagne. Aussitôt débouchée, aussitôt bue. Didier, sur le départ, propose à qui veut de le ramener à Saint-Mandé. Lucas s'assoit à côté de lui, et Fred s'allonge dans la boîte à gants. Nous nous dispersons progressivement, chacun rentrant chez soi, laissant les lieux déserts. Je croise Marco en grande discussion avec un lampadaire. En m'éloignant, j'ai le temps de voir dans mon rétroviseur Jaco, oublié, resté seul allongé au milieu du parking, qui s'est endormi.

Il est 19 h 30 quand j'arrive chez moi. J'ai une haleine de phoque, je pue le tabac froid, et je sens perler sur mon front un mélange d'alcool et de sueur. Ma femme me fusille du regard mais se contient devant les enfants. J'essaye de rester digne et cohérent. Je lui dis qu'on a gagné 2-0 et que j'ai marqué quatre buts. Je m'écroule dans le canapé en me disant que pour rien au monde je ne jouerais dans une autre équipe. C'est plus qu'une équipe, c'est une bande de potes. Je sens mes yeux se fermer. C'est quand même fatigant, le sport...

FAÇON CYRANO

La terrasse d'une brasserie. Les rayons du soleil filtrent entre les feuilles des arbres, les ombres dansent sur une table autour d'un paquet de cigarettes et d'une tasse de café vide. Un homme d'un certain âge, dans un bonheur serein et paisible, relit pour une énième fois *Cyrano de Bergerac*, vivant l'histoire par procuration et rêvant d'avoir son truculent phrasé.

— Excuse-moi, m'sieur, t'aurais pas une clope ?

La voix semi-agressive au fort accent banlieusard le tire de sa lecture. Un couple lui fait face.

— Pourquoi vous adressez-vous à moi en ces termes ? Ne vous a-t-on jamais appris qu'à la forme négative, « ne » se place avant le verbe ? Et qu'à l'interrogative, le verbe se place avant le sujet ! Que le vouvoiement est de rigueur quand on ne connaît pas les gens ? Et diantre, pourquoi tant d'agressivité ? Sans même vous être présenté...

— Ça va... Tu m'as compris, c'est le principal. Je m'appelle Christian. Dis-moi juste si t'as une clope...

— Non, ça ne va pas. Les mots ont du sens. Certes, vous n'avez pas d'inclination pour notre langue, mais changez un mot, oubliez un accent, déplacez une virgule, et c'est l'acception de la phrase qui s'en trouve modifiée. Pour placoter, avec du vocabulaire, vous seriez plus à l'aise.

— Arrête ton bagou, fais pas ta grosse tête, je te pose juste une question. T'as une clope ou pas ?

— Grosse, ma tête ? C'est un peu court, jeune homme. On aurait pu dire, oh Dieu, bien des choses en somme, si de Cyrano j'avais la prose. Tenez :

Métaphorique : « Si les mots avaient du poids, pour servir votre plume, un athlète vous devriez être pour porter cette enclume ! »

Pratique : « Pour éviter les embouteillages, et voyager par les airs, quelle chance d'avoir sur les épaules une montgolfière ! »

Acoustique : « Avec une tête si grande, qui avec votre corps détonne, susurrez-vous les mots, de peur qu'ils ne résonnent ? »

Rêveur : « Du haut de votre front, peut-on apercevoir Pluton ? Pour s'y rendre à pied, combien de jours doit-on compter ? »

Mystique : « J'ai connu, en Afrique, un griot qui narrait une histoire atypique, celle d'un homme dont la caboche avait tant gonflé qu'au milieu son visage fut avalé ! »

Lyrique : « Chantez-vous, monsieur ? Assurément, vous devez avoir une voix de tête ! »

Cavalier : « Un couvre-chef pour recouvrir cette tubérosité ? Il faudrait tant de textile pour le confectionner ! »

Astronome : « Quelle est cette immense sphère sans gravité, une planète non répertoriée ? Va-t-on y voir poindre le jour ? Pourquoi vos pieds n'y tournent-ils pas autour ? »

Ne me tenez point rigueur d'être aussi volubile, mais on ne peut jeter ainsi les mots en l'air et espérer qu'en bon ordre ils retombent par terre. Avez-vous, jeune homme, une parole ? Et me jurez-vous sur ce que vous avez de plus cher que si je réponds à votre question, vous ne m'en poserez pas une seconde ?

Le jeune homme lève la main droite et dit :

— Je le jure !

— Soit. Eh bien oui, j'ai des cigarettes ! J'espère que cette information vous sera utile et qu'elle vous fera réfléchir sur le sens des mots. Si mieux choisis ils avaient été, enrichi d'une cigarette vous seriez. Maintenant, permettez-moi de me retirer. Je vais finir *Cyrano* à l'abri des jocrisses. Mon héros est sur le point de rencontrer Christian. J'ai l'impression que pour une fois, j'ai un peu d'avance sur lui. Car moi aussi, j'ai rencontré le mien, et pu l'espace d'un instant me sentir rostandien... Cependant... (L'homme marque un arrêt et se retourne. Il tire une cigarette de son paquet et la dépose sur la table.) Grâce à vous, j'ai pu me glisser dans sa peau. Cette cigarette ne me fera pas défaut. J'aurais aimé disserter en alexandrins, mais c'est ainsi que le texte me vint. Si par chance vous aviez pu me donner la réplique, quelques vers nous aurions échangés. Soyez certain que c'est tout le paquet que je vous aurais laissé ! Imaginez un peu si le langage était contagieux !

Il tourne les talons et s'en va d'un pas léger.

Le jeune homme allume sa cigarette et s'adresse à sa compagne :

— T'as vu ce type ? Genre il se croit encore à l'époque de Louis XIV, et patati et patata. Ah, je te jure, on voit de sacrés luluberlus...

— On dit « hurluberlus », Christian.

— Truc de ouf, oui... Tu veux boire quoi, Roxane ?

— Rien, merci Christian. Ce dont j'ai été témoin me donne bien du chagrin. J'y vois clair, un homme sans esprit, la belle affaire ! Vous m'excuserez de vous planter ainsi, mais avec vous j'en ai fini... (Roxane se lève.) Attendez, monsieur, ne me laissez point ici. Je vous en prie, parlez-moi encore de poésie...

— La poésie est le soleil de l'esprit. Quand les mots sont bien choisis, ils chantent. C'est une mélodie qui ronronne à l'oreille, et qui vous transporte sans pareil. Quelle que soit la situation, d'ailleurs. Pour expliquer une chose, on est plus aisé avec une belle prose. Lors d'un démêlé, ou d'une divergence d'opinions, énoncer clairement, et de différentes façons, aide à affirmer ses convictions. Pour se cultiver et s'enrichir de nouveautés, savoir manier les mots permet à l'âme de s'élever. Même pour séduire un cœur, quoi de mieux que de jolis compliments pour offrir à celle dont on voudrait être l'amant ?

— Certes. Mais je me méfie de l'ivresse des belles promesses. Pour recevoir mon admiration, il faut habiller les mots de belles actions. Il est agréable d'entendre chanter, mais on attend un peu plus d'un cavalier.

— Savoir disserter met le pied à l'étrier. Par là commencer, ensuite prouver ce qu'on a annoncé. Dire ce que l'on fait, faire ce que l'on dit, et tenir parole, est la seule façon de conserver son auréole. On finit toujours par démasquer ceux qui ont trop parlé et qui, trop pressés ou malintentionnés, veulent profiter trop vite des bénéfices de la chair et de la cuisse. D'où l'intérêt de savoir disserter, pour faire patienter et prouver sa valeur à celle qui est chère à notre cœur.

— Savez-vous avec aisance disserter sur tous les sujets ?

— Je l'espère, tant que ce n'est pas vulgaire. Les mots qui sont dans le dictionnaire sont tous faits pour me plaire.

— Les aimez-vous tous ? Chaque mot du Larousse ? Peut-être certains sont-ils un petit peu moins bien ?

— Ce ne sont point les mots qui ne sont pas jolis, mais la façon dont on les dit !

— J'ai très envie de vous mettre au défi. Avez-vous de l'humour ? Je vous donne un mot et vous dissertez autour... ?

— Avez-vous un mot en tête ? Un dont les rimes s'y prêtent ? Ou un mot difficile, pour voir si je suis agile ?

De la difficulté, qui ne rend pas la chose aisée ? Un mot peu utilisé, corsé à manier ?

— Non, un mot coquin, que vous n'utilisez pas chaque matin. Rarement employé... mais il sera cocasse de vous voir l'utiliser.

— Vous éveillez mon intérêt. Quel est ce mot peu fréquent qui rendrait mon discours amusant ?

Roxane sourit largement et, d'un air faussement gêné :

— Contez-moi une histoire avec le mot « phallus ». C'est de ma part un peu cavalier, mais c'est ce qui donne la difficulté.

— Une histoire ? Encore eût-il fallu ce que je n'ai pas : une histoire grivoise ?

— Comme c'est charmant. Vous vous dérobez ? Une histoire, s'il vous plaît ! Quelque chose de riche et d'entraînant. Quelque chose de surprenant...

— Pour vous plaire, je ferais rimer la terre entière. Donnez-moi un instant, que j'établisse un plan.

Après un moment d'hésitation, il fait quelques pas, va, revient, se prend la tête entre les mains. Il tend un bras vers le ciel, l'air inspiré.

Roxane intervient :

— Shakespeare n'a jamais écrit un traître mot sur le sujet.

S'ensuit un rire taquin.

— Voilà, du moins je crois. Je vais vous conter l'histoire que m'a narrée un vieil ami, que j'ai eu du mal à croire malgré ses garanties. Cet homme, d'un âge avancé, se posait la question de ses forces et de ses gradations. À vingt ans, constatant que chaque matin, tout dur était son engin, il se demandait s'il arriverait à le plier.

— Quelle question saugrenue ! Votre homme est un drôle d'individu !

— Ne me coupez pas, je vous en prie, j'essaye d'être concis.

— Si je vous coupe, craignez-vous d'être circoncis ?

— Je reprends. À vingt ans, pour plier son engin, il l'attrape à deux mains. Il retient sa respiration, met ses bras en action. Il met tant de volonté à essayer qu'à force de transpiration, une veine se gonfle sur son front !

— Sur son front ? Êtes-vous sûr de la localisation ?

— Il pèse dessus de tout son poids pour essayer de le courber vers le bas.

— Vers le bas ? Quelle idée ! À part pour uriner, je ne vois pas. En connaît-il l'utilité ?

— Au final il abandonne, constatant son échec avec dépit et remettant à plus tard son défi.

— Vouloir plier son bout de métal, voilà un défi peu banal ! Avoir une telle barre de fer sans savoir quoi en faire... Ça laisse rêveuse, voire envieuse. Mais quand même, un si bel objet de joie, et ne pas avoir le mode d'emploi...

— C'est une histoire, une parodie. Un défi qu'il faut prendre avec ironie.

— En est-il resté là ou a-t-il tenté une nouvelle fois ?

— Il laisse une vingtaine d'années passer avant de recommencer.

— À vrai dire, je n'en vois pas l'utilité. Pourquoi un homme voudrait tordre son objet ? S'il est gêné parce qu'il est dur, il y a des moyens plus sûrs ! Avec un petit peu d'agilité, il aurait raison de cette dureté. Et cerise sur le gâteau, il serait très satisfait reposé.

— Comprenez bien. Le but n'est pas le plaisir qu'il peut trouver, mais de savoir si sa raideur peut être courbée. Je disais donc : à quarante ans, il essaie de nouveau. Fort de vingt ans d'expérience, il met tout son savoir dans la balance. La posture : genoux pliés légèrement écartés. L'allure : torse sorti, les épaules élargies. La ceinture : ôtée, et pantalon sur les pieds. Il gonfle ses biscoteaux, crache dans ses mains et saisit l'engin. Il prend une grande inspiration et se cabre avec toute la volonté d'un homme déterminé. Il se lance en tous sens : gauchement à droite, adroitement à gauche, en diagonale, en oblique, mais pas d'un pouce ne bouge la chose cylindrique ! Vexé qu'elle n'ait pas courbé du moindre degré, il se renfrogne ! L'attrape à pleines pognes, il la tape, il la cogne, il tire il pousse, mais rien ne vient !

— Rien ne vient ? Est-il manchot ou a-t-il des pieds à la place des mains ?

— Épuisé, haletant, à bout et n'en pouvant plus, il relâche ce dernier en espérant qu'un jour il aura le dessus.

— Pauvre homme. Se mettre dans un tel état pour prouver on ne sait quoi ! A-t-il recommencé dans la foulée ou a-t-il laissé passer quelques journées ? Avec cet exercice quotidien, il finirait avec de la corne sur les mains. A-t-il laissé tomber ou est-ce un homme entêté ? Combien de temps est passé avant qu'il n'ait recommencé ?

— Vingt ans, encore. Le calcul est aisé, il avait soixante ans bien tassés.

— Alors il ne s'est pas résigné ?

— Point du tout ! Il a retenté ! Dans un sursaut désespéré, à soixante ans. Oui mademoiselle, à soixante ans, il sent que c'est le moment. Les pieds dans le sol bien ancrés et les manches relevées. Il empoigne avec conviction l'objet dont nous discutons, bien décidé à le plier. Il y met toute l'ardeur de son cœur, il sent que sa tête chauffe.

— Laquelle ?

— Son bras le brûle.

— Lequel ?

— Survient une crampe !

— Où ?

— Mais faisant fi de la douleur, dans un sursaut...

— Enfin il tressaille !

— D'orgueil ! Dans un sursaut d'orgueil ! Se concentrant sur sa main droite.

— Il paraît en effet que c'est la plus sollicitée.

— Sans se démonter, chaque muscle de son corps bandé.

— Un seul aurait suffi.

— La tête écarlate, saoule, à tel point que de son œil une larme coule.

— De son œil ? Il a un sens de l'anatomie bien à lui...

— Et miracle ! Enfin il réussit. L'engin cède et se plie. Il a mis quarante ans à réussir cet exploit, de courber ce qui chez lui voulait rester droit.

— Certains hommes ont-ils à ce point les idées tordues, pour essayer en vain de tordre leur bout pointu ? Quel intérêt y a-t-il trouvé ? Fut-il à la fin soulagé ? Enfin, soulagé... vous me comprenez...

— C'est une histoire. Les histoires n'ont d'intérêt que d'être racontées. Il n'y a pas une once de vérité. Un homme qui n'a jamais réussi à courber ceci, cela prête à sourire, et savez-vous ce qu'il m'a dit, dans un dernier soupir ?

— Un dernier soupir ? J'imagine bien qu'après quarante ans d'efforts, il devait effectivement être essoufflé... Qu'a-t-il dit ? A-t-il gémi ? Ou bien y a-t-il une morale cachée qui finirait l'histoire par un pied de nez ?

— Mieux que ça. Bien mieux que ça mademoiselle ! Il a établi une vérité historique, basée sur des faits scientifiques, qui n'ont hélas jamais été rendus publics...

— Bien que sceptique, je ne serai pas critique... Alors, quelle est cette vérité scientifique ?

— Après quarante ans d'exercices et d'entretien, il a établi que plus on vieillit, plus on a de force dans les mains !

Roxane se met à rire de bon cœur, se dandinant légèrement. S'écartant, puis se rapprochant. Et volontairement peut-être, son bras enlace celui de son compagnon.

D'un pas synchrone, ils marchent de conserve, donnant l'apparence d'un couple dont on donnerait difficilement le lien. Il pense à dégager son bras, mais au fond, pourquoi ? Roxane est si belle, si naturelle. Son rire, sa jeunesse, ses élans de tendresse l'enveloppent d'une chaleur intense, une sorte de chaleur dont il avait oublié l'existence. Il profite de ce silence, plein de bonheur, souhaitant que chaque seconde dure des heures. Ils sont bien tous les deux, marchant à l'unisson.

Roxane hésite, puis :

— Serait-il séant que je vous fasse un compliment ?

— Bien sûr. Un compliment bien amené, dans une phrase bien tournée, je vous en saurais gré. S'il est sincère et fondé, même un petit bout de vérité est toujours agréable à écouter.

— Effectivement. Trop de gens sont pudiques avec leurs sentiments. Dire les choses dans une belle prose, être franc, être élégant, ne peut être qu'enrichissant. Mais la société nous entrave à complimenter. On se doit de réserve garder. À mon avis c'est une erreur, il faut dire ce qu'on a sur le cœur. D'autant plus quand c'est pour dire du bien. Souligner une faculté que chez une personne on a constatée. Faire discrètement remarquer un détail qui sur quelqu'un a changé. Proclamer une réussite et en évoquer le mérite. Même sur une chose bénigne, de l'œil lui faire un signe. Être bienveillant, c'est savoir faire des compliments. La pudeur n'a jamais aidé personne, elle sclérose, elle cantonne. Tandis qu'entendre ses qualités dans la bouche d'un tiers énuméré vous donne envie de vous dépasser. On aime entendre ce qui chez nous est joli ou réussi, c'est primordial pour être heureux dans la vie. Quand je vous entends ainsi disserter, avec chaque mot vous me transpercez. Manier le verbe et le sujet en phase, être suspendue à votre prochaine phrase. Parler comme une mélodie qui fait vibrer mon cœur. Tant de compliments me viennent, force qualités vous avez, que je ne sais par où commencer. Il n'y a pas une seule ombre au tableau, pour résumer, je vous trouve beau.

— Beau, dites-vous ?

— J'ai certes fait un raccourci. Le mot est-il mal choisi ?

— Beau, dites-vous ?

— Vous ne semblez pas satisfait, j'en suis navrée. Ai-je commis une faute ? Le compliment est sincère, il n'est pas uniquement fait pour vous plaire. Le mot est commun, mais il est bien choisi, car il convient à votre richesse d'esprit. Êtes-vous fâché, contrarié ? Quelle est cette tiédeur ? D'avoir été maladroite j'ai peur.

— Je suis désolé, je vous sais bien intentionnée, mais de tous les mots, vous avez choisi le moins joli. Beau n'est pas fait pour me plaire, il en est presque vulgaire.

Être intelligent, entreprenant, réussir dans les affaires.

Gagner de l'argent à foison, espérer être riche à millions.

Ou bien être bénévole, engagé pour une cause,
Informer, prospecter, sans compter son temps,
Et n'avoir que faire de l'argent.
Ça, oui !
Avoir du caractère, de la personnalité,
Être têtu, déterminé, garder la ligne de conduite qu'on s'est fixée.
Avoir de l'humour, s'amuser à jouer des tours,
Ne rien prendre au sérieux, à part peut-être l'amour,
Ça, oui !
Savoir chanter, danser, sculpter, même tricoter,
De ses mains un objet confectionner.
Être grand, être fort, et jouer les redresseurs de torts.
Avoir de l'esprit et distiller les bons mots dans une conversation,
Sentir qu'avant de trancher, les autres attendent votre opinion.
Avoir de la repartie, ne jamais être décontenancé,
Quand on vous lance un trait, savoir le retourner.
Ça, oui !
En une chose être médiocre, voire mauvais,
Mais savoir faire preuve d'humilité.
Se taire et sourire, pour plaire et ne pas faire souffrir,
Ou sur les autres avoir de l'ascendant, être le dominant.
Être rêveur et en mille lieux voyager, sans bouger de son canapé,

Même être roublard, chapardeur, menteur, voleur
Indifférent aux torts qu'on cause,
Mais avoir une qualité qui serve à quelque chose.
Ça oui !
Mais être beau ! Quelle utilité ?
Le mot est galvaudé, et d'une telle futilité.
Non, il n'est pas fait pour me plaire, il a quelque chose de vulgaire.

— Je ne partage pas cette vision, trop sévère est votre opinion. Si vous retirez le beau, que reste-t-il aux nigauds ? Aux gens de peu d'esprit qui n'ont pas d'éducation, de culture, et qui n'ont que l'apparence pour seule défense ? Croyez-moi, même si c'était l'unique qualité, parmi des milliers, un homme agréable à regarder évoque toujours de l'intérêt. Mais ce n'est pas votre cas, puisque chez vous, celle-là est mélangée à tout un tas. Quand on a toutes les qualités, il est facile d'en rejeter, de les trier à loisir et de certaines se départir. Jetez le beau si vous en avez trop. Mais pensez à ceux à qui cela fait défaut, et qui n'ont rien d'autre à se mettre sur le dos. Alors ainsi monsieur... vous êtes orgueilleux... ?

— À choisir, je préfère orgueilleux à beau. Mais pourquoi une telle allusion, quel raisonnement vous amène à cette conclusion ?

— Vous avez sur chaque chose une opinion, souvent avec raison. Mais seul un homme aux multiples qualités peut être vexé par l'ordre des priorités. Si vous n'étiez que beau, il n'y aurait pas de sujet de conversation puisque ce serait là votre seul appât. Mais quand on souligne votre beauté, vous semblez attristé qu'on ne remarque pas que vous êtes cultivé. Seul un homme qui fait passer l'intérieur avant l'extérieur, d'une telle méprise peut avoir peur. Il faut être sûr de son esprit pour du physique faire fi. Orgueilleux, vous l'êtes donc un peu. Mais c'est tant mieux. Car une chose lisse, parfaite, sans aspérité, est moins jolie à regarder. C'est souvent les petits défauts qui rendent un homme vraiment beau. Je suis attachée au sens figuré, parlant de beauté de si belle façon, c'est à votre esprit que je faisais allusion. Quant au reste, je parle de vous regarder, ma foi, si les convenances le permettaient, je vous dirais tout le bien que cela me fait. Les convenances... N'est-il pas curieux que l'on puisse parler d'économie, de politique, de la guerre en Afrique, mais que dès qu'il s'agit de parler d'amour, les donneurs de leçons haussent le ton ? Nous pouvons parler d'argent, de la pluie, du mauvais temps, mais surtout pas un mot de cœur, sinon gare aux censeurs. Or, y a-t-il plus beau sujet de conversation que l'amour, et les sentiments qui tournent autour ?

— L'amour ? Mademoiselle, vous êtes si jeune, si fraîche. Je vous imagine si pure que je n'ose vous prêter de multiples aventures. Avez-vous déjà aimé ici-bas ? Que connaissez-vous à ces choses-là ?

— Je ne suis plus si jeune. J'ai une trentaine d'années et diverses aventures à narrer. J'ai eu des amants, certains que j'ai aimés avec passion, d'autres avec affection. Peut-être certains dont je ne me souviens plus la raison, mais j'ai aimé, et j'ai encore beaucoup à donner.

— Comme vous y allez ! Forte de vos convictions, forte de votre jeunesse. Dois-je vous corriger, ou vous laisser croire ? Dans la vie tout s'apprend, excepté l'amour. C'est peut-être pour cela que les conventions sont là. Pour éviter de nous brûler à jouer les apprentis sorciers. Rien ne sert de tâtonner pour l'appréhender. Quand l'amour est là, on le sait, croyez-moi. Quand on le voit on a comme une boule à l'intérieur, on voudrait lui parler mais, par la peur, on est tétanisé. Se sentir étalé d'un seul regard. Être le plus courageux et ne pas réussir à faire un pas ou mieux. Se sentir minable, gauche et maladroit avant même d'avoir bougé le petit doigt. Se décider à y aller, mais la gorge si nouée que pas un son ne sort. Si elle ressentait un centième de vos émotions, elle saurait que vous l'aimez plus que de raison. Pouvoir la toucher, l'embrasser, la cajoler, comme un rêve qui se mêle à la réalité. Prêt à perdre tout ce que vous avez pour pouvoir la conserver. Espérer, jour après jour, qu'elle va vous aimer et près d'elle vous garder. Souffrir quand elle n'est pas là, souffrir car elle va repartir. Se marier en toute simplicité. Un mariage banal n'étant pas du même milieu social. Affronter les défis de la vie, à deux. Échouer, se relever comme on peut, à deux. Avoir tant d'empathie qu'on pleure quand elle est triste et qu'on rit quand elle sourit. Faire passer son bonheur après le sien. Avoir comme plus grand plaisir d'être main dans la main. Chaque jour que Dieu fait, se surpasser pour être à la hauteur. Pas de l'homme que l'on est, mais de l'homme qu'elle aurait mérité. La complimenter, chaque jour, et le ciel remercier de vous l'avoir donnée. Améliorer son quotidien avec ce que l'on trouve, des petits riens. La regarder s'épanouir et se réjouir de voir l'amour grandir. Traverser les épreuves une à une, en restant soudés, avec la même volonté, de mutuellement se protéger. Avoir du chagrin quand elle n'est pas bien, et rester au plus près quand la maladie vient. Consulter, espérer, prier. Ne savoir vers qui se tourner et le ciel implorer. Quelle plus grande injustice que de la mettre au supplice avant de nous avoir donné un fils. Lutter quotidiennement, même quand il n'y a plus d'espoir. Malgré les aveux des médecins qui voient dans vos yeux qu'on n'est pas près de renoncer. Jusqu'au dernier jour où il ne reste rien d'autre que l'amour. Sentir sa main desserrée, les forces la quitter, et vouloir tout donner pour encore la garder. Quelques minutes, quelques secondes, un dernier souffle, un regard à tout prendre qu'on est le seul à comprendre. Et rester là. Seul. Comme si la vie s'était terminée mais que par erreur elle avait oublié de vous emporter. N'avoir ni but, ni raison, ni besoin de réflexion. Une routine quotidienne, dans laquelle on se traîne. La retrouver dans une expression, une coiffure, la démarche dont une passante a l'allure. N'avoir qu'un souvenir pour vous arracher un sourire. Petit à petit oublier ces émotions, ne même plus avoir la nostalgie comme compagne. Trouver un refuge pour se cacher, si ce n'est s'enterrer. Le mien est dans les bouquins. Vous me demandez si j'ai aimé ? J'ai aimé pour cette vie et pour celle d'après. J'ai aimé comme vous n'avez pas idée. Si je souffre ? Mon cœur est un gouffre. Le temps doucement soigne la plaie, mais il s'est vidé, et il n'y a plus grand-chose à sauver. Veuillez m'excuser, mademoiselle, il y a longtemps que je ne me suis confié, j'en avais même oublié ce que cela faisait. Permettez-moi de prendre congé. Il me faut reposer, j'avais oublié que j'avais vécu une vie avant celle-ci...

*

Une semaine plus tard, à la terrasse du café, Roxane et Christian sont attablés. Ce dernier pointe du doigt :

— Hey ! Là-bas...

— Bon sang ! Christian ! Une semaine que nous travaillons et vos fautes sont légion. Sujet, verbe, complément. Est-ce si difficile de parler normalement ? Recommencez. Montrez-moi vos progrès.

— Un vieux réflexe. De ma volonté de changer ne soyez pas perplexe. Je reprends, laissez-moi un peu de temps. Je vois... ou plutôt j'aperçois, au fond de la terrasse, derrière les ados qui jacassent, l'homme dont vous m'avez parlé, celui-là même que nous avions rencontré. Il est seul, il lit. Il doit mourir d'ennui à se réfugier ainsi dans les bouquins pour noyer son chagrin.

— Eh bien, vous voyez, quand vous voulez ! Permettez-moi d'aller le saluer.

Roxane se lève, se faufile entre les habitués. La terrasse est bien achalandée, le brouhaha couvre ses pas. Il ne la voit pas venir, avec son grand sourire.

— Bonjour monsieur, vous lisez ?

— Roxane, quel plaisir de vous voir, j'en avais secrètement l'espoir. Prenez place, ou préféreriez-vous marcher ? Nous serions plus à notre aise pour discuter.

Ils quittent le café, Roxane fait signe à Christian et l'homme, le voyant, opine du chef courtoisement.

— Que lisez-vous ? *Fanny*, de Pagnol ? Un classique. Marius revient de son voyage en mer et trouve Fanny mariée avec Panis. Cet homme d'âge avancé avec la jeune et belle s'est marié.

— Avait-elle le choix ? Elle était enceinte et en ce temps-là, seule, on l'aurait montrée du doigt.

— L'époque a changé. Ce genre d'histoire vénale est devenu banal. Les filles aiment à choisir un mari bien établi, et les mères souvent élèvent, avec leurs seules forces, les enfants du divorce.

— C'est Marius qui me fend le cœur. Il ne vous fait rien, à vous ? À moi, il me fend le cœur !

Roxane se met à rire de bon cœur. L'air de rien, elle enlace son bras, et le presse de continuer à disserter.

— Je vous dois des excuses pour la dernière fois. Je ne sais pas ce qui m'a pris de me confier à vous ainsi. À vos côtés je me sens différent, comme plus léger. N'allez surtout pas sur moi vous apitoyer. Revenons à Pagnol. Fanny trouve un mari par dépit, et Marius a une double peine, c'est cela qui me gêne. J'ai pour lui de l'empathie, davantage encore que pour Fanny.

— Il est parti naviguer ! Auriez-vous voulu qu'à peine rentré, sa dulcinée l'accueillît avec des lauriers ?

— Certes non. Mais le sentiment est pesant de ne pas avoir d'enfant. Alors imaginer en avoir un et devoir garder le silence. Sans que jamais il ne connaisse votre existence. C'est encore pire que de tout seul finir.

— Il est évident qu'aujourd'hui les choses se seraient passées différemment.

— Vraiment ? Fanny peinant à élever son enfant. Des querelles pour une reconnaissance paternelle. Et Panis qui ne pourrait transmettre le fruit d'une vie de labeur. Sinon d'être accusé d'acheter de Fanny les faveurs ?

— Pourquoi donc acheter ? Une fille ne peut-elle pas faire les choix qui lui plaisent ? De nos jours, chacun choisit avec qui il veut aller. Et si une jeune et belle préfère un homme mature, il n'y a pas de raison de lui jeter une pierre à la figure !

— Quand même. Admettez qu'une telle différence d'âge attire les commérages. Quand au bras d'un homme on voit une demoiselle jolie, on se demande si c'est sa femme ou sa fille.

— Vous divaguez, les temps ont bien changé. Certains sont très coureurs, de vrais consommateurs, d'autres restent seuls, et s'abstiennent s'ils le veulent. Certaines filles se marient entre elles, et les hommes s'acoquinent sans que cela ne détonne. Certains enfants ont du même sexe les deux parents sans que cela ne soit troublant. Et vous croyez que la différence d'âge choque ? Soyez certain qu'il n'en est rien...

— Puis-je vous poser, sans vous offenser, une question personnelle ?

— Vous pouvez, soyez rassuré. C'est à mon tour de me confier.

— Ce Christian, est-ce votre amant ?

— Oui... de temps en temps. Il est fruste et s'exprime malhabilement. Mais il a certaines qualités.

— Je l'espère. Sinon à quoi bon ? Ah... La belle et les qualités... !

— La belle ? Est-ce ironique ? Quelle mouche vous pique ?

— Une fable. La belle qui voulait se marier et qui fit s'affronter diverses qualités. Vous la connaissez ?

— La Fontaine ?

— Non. Moi-même !

— Exquis. Une fable. Je suis tout ouïe.

— Une belle voulait se marier. Elle avait butiné mais ne savait où se poser. La plus jolie, et avec tant d'esprit, dont tous les hommes mourraient d'envie. Chacun arguant qu'il était ci le plus fort, là le plus grand, et mettant en avant tant de qualités qu'on ne pouvait les distinguer. Pour couper court aux polémiques, elle leur demanda de choisir la plus typique. Et celui qui aurait la qualité la plus essentielle gagnerait une lune de miel. Lors du thé dansant de ses dix-huit ans, elle alla dans la cour, suivie des postulants, trois, plus un quatrième qui traînait là. Il suivait timidement, comme emporté par le courant des gens de haut rang qui marchaient devant. Le premier ne tarda pas à se présenter. « Je suis beau », dit-il bien haut. Il avait fière allure, grand, fort, bien proportionné, les traits fins et le geste sûr. Quand il apparaissait quelque part, il attirait sur lui tous les regards. Le second lui emboîta le pas. « Je suis riche », lâcha-t-il. Sa réputation n'était pas à faire : même en festoyant quotidiennement, il n'arrivait pas à dépenser plus qu'il ne gagnait. Il ne souffrait pas d'avarice, il dépensait à tort et à travers, même son tapis était en or. Je ne vous parle pas de celui qu'on expose pour le regarder, je vous parle de celui de l'entrée, pour s'essuyer les pieds ! C'était sans compter sur le troisième, qui lui aussi était de la partie. « Je suis intelligent. » On savait dans tout le comté que hors norme étaient ses capacités. À chaque problème qu'on lui proposait, il trouvait une solution avant la fin de l'énoncé. Il anticipait chaque question avec tant de vertu qu'on se demandait pourquoi on était venu. Ces trois-là avaient pignon sur rue. Pauvre quatrième, quelle qualité aurait-on chez lui perçue ? La belle voulait les entendre avant de décision prendre. « La beauté est essentielle, le premier martela, fier de ses appas. Elle est la plus unique car on ne l'obtient pas, on naît comme cela. Vous pouvez travailler, vous arranger, rien n'y fera. On est beau ou on ne l'est pas. Quand un enfant vous aurez, pour qu'il soit grand, riche, intelligent, une éducation vous lui donnerez, mais la beauté, c'est inné. » « La richesse est en meilleure position, intervint le deuxième, il vous met à l'abri de toute situation. Vous pouvez rire et festoyer, vous amuser sans que votre bourse ne soit lésée. Point besoin de travailler, vous avez juste à profiter. La vie ainsi est d'une telle facilité ! » « Trop peut-être, dit l'intelligent qui sourît, s'apprêtant à faire sa plaidoirie. La force spirituelle est la plus essentielle. Mettre en place des stratégies, et de son travail gagner les fruits. Avoir une solution pour chaque situation. Prévoir ce que les autres ne font qu'entrevoir. Se satisfaire d'avoir su faire. Que ce soit en arithmétique, en politique, et même en physique quantique, savoir tout élucider car on a étudié. Non, vraiment, distiller des conseils, il n'y a rien de pareil... » Emportés par leur conversation, chacun des arguments à foison, ils avançaient sans remarquer que la belle marchait d'un pas plus modéré. Le quatrième, qui n'avait pipé mot, se retrouva à son niveau. Il était resté si muet que la belle eut de la curiosité. « Quelle est selon vous, de ces trois qualités, celle dont on ne peut se passer ? » Ce dernier, d'un air embarrassé, se mit à chuchoter, impressionné par sa grande beauté. « Parlez sereinement, le rassura-t-elle, nous sommes entre amis. » Il augmenta les décibels. « Aucune des trois, j'en ai bien peur. En choisir une serait un leurre. La seule qui vaille, à laquelle on ne puisse trouver de faille, c'est l'humilité. La beauté ne vit qu'aux dépens de celui qui vous regarde. Si par malheur la virole vous effleure, vous n'aurez plus qu'à pleurer sur cet attrait dissipé. Et puis on paraît vite orgueilleux. Ajoutez-y un peu d'humilité, et davantage la beauté sera soulignée. Les gens voudront découvrir cet atout et en bien parleront de vous. La richesse est une qualité de taille, mais sans travail, on devient prétentieux, vaniteux, on fait des envieux. Sur l'océan de convoitise, il n'est pas rare que le bateau se brise. Ajoutez-y de l'humilité, vivez normalement sans excès extravagant. Et de temps en temps, profitez de l'argent gagné. Vous saurez d'où il vient car vous vous serez levé chaque matin pour gagner votre pain. Quant à l'intelligence, je reconnais qu'il faut en être pourvu, mais expliquer au premier venu qu'on a tout lu, et que bien entendu notre avis aurait prévalu, fera le vide autour de vous. Car croyez-moi, les prétentieux n'ont pas d'amis sérieux. Mais ajoutez-y de l'humilité, choisissez avec discernement les occasions où vous pouvez raconter, là, vous serez admiré et respecté. C'est la particularité de l'humilité, elle est comme l'anesthésiste pour le chirurgien. Elle ne remplace pas ses mains, mais sans elle, l'opération est à l'abandon. »

— Belle histoire que vous venez de me narrer, mais elle est issue d'un conte enchanté. Vous ne me ferez pas croire que c'est la réalité. Elle est tout autre. Un homme qui ne serait pas joli, avec peu d'esprit, et sans portefeuille très garni, serait comme un fruit sans goût, sans parfum, et d'aspect vilain. Son humilité serait de peu d'intérêt ! Force courtisans se sont présentés.

On a plus de chance de tomber sur des vaniteux, des boiteux, des hommes qui ne s'assument pas avec des mots qui sonnent creux. Et je vous passe les indécis, les coureurs, les benêts et ceux qui sont mariés. Il arrive un temps où une femme a envie de se caser, de fonder un foyer. Prête à faire des concessions, à accepter des défauts mignons, mais qui aurait à long terme une vision. L'horloge tourne et on se rend compte que la vie, personne pour vous n'a choisi. On se remet en question, on est plus tolérante, on se mue pour coller aux attentes, mais la nature profonde vient vous prévenir que c'est mal agir. S'engager sans authenticité, c'est échouer avant même d'avoir commencé.

— Vous êtes sévère avec la gent masculine. Aucun n'a trouvé grâce à vos yeux ? Ce Christian a pourtant l'air amoureux !

— Il est immature, incapable de s'engager. Il est de bonne compagnie, mais avec on ne passe pas une vie. Les hommes sont compliqués ! Ils veulent une belle qui les fait briller en société. À la maison, c'est une mère qui s'occupe du quotidien, qui pour chaque chose leur tient la main. Que l'infirmière s'empresse quand monsieur se blesse ! Il faut être le copain pour s'amuser. De leurs blagues vaseuses rigoler, puis une confidente car ils ont des tracas, comme si moi je n'en avais pas ! Faire les tâches ménagères et enlever le tablier dès qu'ils ont envie de l'oreiller. Savoir recevoir souvent leurs amis, leur parler culture ? Autant s'adresser à un mur. Et ne jamais se plaindre, pas un gémissement, sauf bien entendu pendant l'accouplement. Être tant de femmes en une, au moment précis de chaque envie, est au-dessus de mes forces. J'ai beau relever les manches et bomber le torse, je suis épuisée avant même d'avoir commencé.

— Vous êtes bien pessimiste. Vous voulez me faire croire que vous n'avez jamais regardé de l'autre côté du miroir ? Nous devons nous aussi gérer certaines difficultés. Vos humeurs sont changeantes, parfois méchantes. Il faut peser chaque mot, ménager votre susceptibilité, tantôt un cadeau, tantôt un baiser, toujours vous valoriser. On se demande chaque matin si vous avez bien dormi ou si vous allez nous prendre à partie. Un mot doux qui passe ou ce sera la soupe à la grimace ? Quand vous vous énervez et montez sur vos grands chevaux, il vaut mieux faire comme le roseau, plier, chercher un trou pour se cacher. Si sur nous une colère se déchaîne, on sait comment a fini le chêne. S'il arrive que par hasard, avec une dame nous discutions, c'est le drame, vous nous prêtez des intentions. Vous voulez l'égalité. Un homme qui fasse des tâches domestiques et qui ait des titres honorifiques ! Croyez-vous que ce soit facile d'être viril quand des assiettes on empile, ou d'être à l'écoute quand on rentre chez soi avec chaque jour les soucis d'un mois ? De se plier pour votre bonheur en se demandant si par erreur on n'aurait pas oublié une chose qui vous tient à cœur ? Nous faisons chaque jour des efforts pour vous plaire, reconnaître nos torts, vous satisfaire et espérer en retour une petite preuve d'amour. Être physiquement attirant et intellectuellement distrayant. Être le lion magnifique et le renard stratégique. Nous passons nous aussi par tant d'avatars, mettant notre orgueil de côté pour à chaque situation nous adapter, qu'il est quand même moche de s'entendre faire des reproches. Sentant que les choses se corsent immédiatement, le problème on désamorce. La vie est faite de ces petits riens, qui donnent les joies et les chagrins. Il en faut de la volonté pour durer. Faire des concessions, répondre oui sur le bon ton, même, et surtout, quand on pense non. À la facilité, ne pas céder. Revoir l'ordre de ses priorités. Se chamailler, se réconcilier, mais toujours, n'avoir qu'un seul objectif, celui de durer...

— Je vous écoute avec le cœur, et j'envie ces petites disputes qui ont un but. Quand on en est à ce que vous décrivez, c'est que déjà on a bien avancé. Si un tel homme je rencontrais, je l'attraperais par le col pour prendre mon envol. Quelle chance de trouver quelqu'un qui dit ce qu'il fait, qui fait ce qu'il dit, et qui tient parole.

— Aucun n'a trouvé grâce à vos yeux ? Qui sont fort beaux, d'ailleurs. Si je vous complimente, c'est par souci d'objectivité. Vous maniez le verbe aussi bien que le geste. Une fille aussi jolie, avec un esprit aussi fourni, force prétendants doivent se presser pour vous courtiser.

— La quantité n'a jamais fait la qualité. Ce n'est pas faute d'avoir essayé. Et même la quantité, elle était modérée. À force de déceptions sentimentales, on finit par se refermer. J'ai tout essayé. Les rendez-vous arrangés, les soirées arrosées, les amis d'amis pas nets, même les sites Internet. Rien. Et vous me parlez de beauté, de splendeur ? Même un bateau magnifique, sans voile ni moteur, dérive dans le Pacifique. On finit par se lasser de ces rendez-vous sans conviction, pour se soustraire au qu'en-dira-t-on. Plus le temps passe, plus on est lasse. On s'organise une routine, on sort entre copines. On n'attend plus l'Apollon, on connaît déjà le goût de la déception. J'ai toujours fait bonne figure, je vous le jure. Mais j'ai pleuré. À l'intérieur. À cause d'un problème anatomique, au lieu de couler sur ma joue, mes larmes tombent dans mon cœur. Doucement il se remplit. Tel un bateau qui prend l'eau, il espère que quelqu'un va écoper. Mais chaque nouvelle tentative l'entraîne un peu plus à la dérive. Il va finir par se noyer sous des litres d'eau salée. Il suffirait d'un coup de bol, d'un marin avec une boussole, qui le ferait rentrer pour l'amarrer, et un peu le réparer. Si vous saviez avec quelle majesté il pourrait voguer... Compliment pour compliment, votre compagnie est douce. Pour ne pas dire apaisante, réconfortante. Serait-il séant de vous demander... ?

— Je vous en prie, osez !

— Voudriez-vous que nous nous donnions rendez-vous ? Il se fait tard et je dois partir. Je sais que la tradition veut que ce soit l'homme qui prenne l'initiative, mais je regretterais de vous quitter sans savoir que je vais vous revoir. Nous pourrions dire la semaine prochaine, le même jour, à la même heure...

— Au même endroit ?

— Cela va de soi...

*

Ils avaient pris l'habitude de ces rencontres hebdomadaires, ils discutaient littérature, théâtre, poésie... Tout n'était que légèreté, bonheur et enrichissement. Le temps semblait suspendu à cette rencontre. Toute l'énergie de l'homme, toute son attente, était dirigée vers ce moment. En même temps qu'il préparait tous leurs échanges intellectuels, il appréhendait. Car inévitablement, le jour viendrait où, lassée de leurs échanges, elle ne se présenterait pas. Et justement le jour vint : assis à la terrasse du café, il constate avec un pincement au cœur que l'heure est passée. Elle ne viendra pas. Il faut se faire une raison, c'était trop beau, c'était trop bon. Qu'aurait-il bien pu lui apporter au fond ? Il n'a jamais eu le goût de la fête et des soirées où l'on chante à tue-tête. Il ne sait pas danser, à la limite valser. Quel décalage avec son âge. Qui aujourd'hui aime la poésie ? Il s'était imaginé à son bras, des balades dans les bois, des soirées tranquilles loin du tumulte des villes. Rêveries. Vaines espérances pour panser ses solitudes souffrances. Elle ne viendra pas. Ce n'est pas plus mal, il pourra reprendre ses habitudes, lire le journal, se raccrocher à ses certitudes.

Le train-train d'un quotidien rassurant, certes pas très distrayant, mais qui lui convient bien. Un rouage sans grain ne peut causer de chagrin. Et puis qui sait ? Il la croisera peut-être un jour, par hasard. Au détour d'une rue, d'une façon inattendue. Dans ce café où ils étaient venus, une vague sensation de déjà-vu. Elle ne viendra pas, elle ne viendra plus. Résigné, il paye son café, lentement dans sa poche remet ses cigarettes et son briquet. Il se lève en s'efforçant d'étirer chaque geste, regardant à la ronde pour gagner encore quelques secondes. Mais non. Il faut se faire une raison.

Le cœur serré, il sort du café, et que faire maintenant ? Rentrer ? Marcher ? Oui, marcher. Dans le petit parc où ils avaient l'habitude d'aller.

— Vous partez ?

Roxane... ! Sa voix, son visage, son parfum, il n'avait pas attendu en vain.

— Je partais si lentement, avec une telle déception, que je partais à reculons. J'imaginais tant de raisons donnant lieu à une annulation qu'il me vint à l'esprit que peut-être je m'étais mépris. Résigné, et triste comme vous ne pouvez imaginer, je me dirigeais vers le lieu de nos promenades. Où, à mon bras, vous aviez fait une accolade...

— Et moi de recommencer. (Elle lui enlace le bras.) Mais je ne sais pas si vous le méritez. Vous sauver ainsi, n'est-ce point là une entorse à la galanterie ?

— Il pourrait sembler. J'étais là, assis, seul. Je refaisais nos conversations, je revoyais votre visage, vos yeux, votre menton. Quelque chose en moi me disait que j'avais dû rêver, et que je commençais à perdre pied. Vous êtes si belle et si gracieuse, d'une humeur si contagieuse, que j'ai été envoûté sans même le remarquer. Sur toutes choses vous déteignez. Tenez, par exemple, regardez. Quand, du bout des doigts, cette barrière vous effleurez, c'est tout mon être qui frissonne. Je dois me raisonner pour ne pas aller toucher l'endroit où votre main est passée. Sur ce banc, à cette place précise vous vous êtes assise. Quand je reviendrai ici me promener, pensez-vous qu'autre part je pourrais m'asseoir ? Et cette statue ? Vous avez posé vos yeux dessus. Quand je ne prends pas garde et que je tourne mes yeux vers elle, il me semble qu'elle me rend votre regard et j'en tremble. À cause d'un bref coup d'œil que vous avez jeté, j'ai pour ce bloc de pierre une profonde amitié.

— Un orateur qui caresse les mots avec tant de douceur... Des mots si légers. Devrais-je me méfier ? Vous chantez, est-ce pour me balader ? Il n'y a pourtant pas de raisons de vous inquiéter. Si je viens chaque semaine maintenant, c'est que vous ne me laissez pas indifférente. Mais vous semblez penser que je manque de maturité.

— Ce n'est pas une question de maturité, mais j'ai du mal à trouver les raisons qui vous font m'apprécier...

— Ce n'est pas très galant... Ainsi vous cherchez les compliments ?

— Oh non. Assurément. Vous avez éveillé en moi tant de sentiments ! Vous me mettriez au supplice si je décelais dans votre voix une tonalité ironique, ou même légère, une critique. Et puis, pour vous livrer le fond de ma pensée, il me semble que cela n'est pas bien. Vous avez tant de jeunes hommes qui voudraient de vous prendre soin, et vous choisissez celui qui tremble un peu de la main... Si les rôles étaient inversés, je ne dis pas. Une femme d'un certain âge sait qu'elle ne peut plus avoir d'enfants. Le jeune homme choisit en conscience de ne pas avoir de descendance. Mais un homme de mon âge aurait un goût amer s'il privait une jeune femme d'être mère.

— Puis-je vous dire tout bas qu'il vous arrive de dire n'importe quoi ? Que vous voyez une absence de maturité là où il y a une décision longuement méditée. Que le choix d'un partenaire se fait sur beaucoup de critères. Et qu'en aucun cas l'homme n'intervient dans certains choix ! Nous vous demandons votre avis pour que vous vous sentiez investis, mais ce n'est qu'illusion, c'est toujours nous qui prenons les décisions. Vous prêtez-vous tant de pouvoir et de savoir, pour penser connaître ce que les femmes désirent ? Tant de généralités vous occultent, de chaque femme, les priorités et les particularités. Jamais vous ne me retirerez ce que j'ai déjà. Et jamais vous ne me donnerez ce que je ne veux pas. Si un couple décide de partager leur vie sans avoir d'enfants ensemble, c'est leur droit il me semble. Et puis, ne sait-on jamais, on n'est pas à l'abri qu'un jour ils changent d'avis...

— Mes sentiments parlent pour moi, excusez mon émoi. Ne pas avoir eu d'enfant m'a laissé un trou béant.

J'ai si peur qu'un jour elle comprenne son erreur. Que le temps soit passé et qu'il manque un être pour notre amour transmettre. Après plusieurs années de vie commune, se retournant sur ce qu'on a accompli avec persévérance, mais se rendre à l'évidence qu'il manque le principal, et qu'il est trop tard, elle a misé sur le mauvais cheval...

— Pourquoi vous sentez-vous tant de responsabilités ? Cette peine que vous portez constamment. Posez-la. Ce choix lui appartenait. Ou plus exactement, ce choix m'appartient. Et puis, de qui parlons-nous ? Pas de nous j'espère. Car moi, je puis encore donner la vie, et vous, vous n'êtes pas encore décrépit. Cette situation à laquelle vous faites allusion n'a rien à voir avec mes ambitions.

— Puisque vous en parlez, je serais très intéressé de connaître ce à quoi vous aspirez. Il m'est arrivé d'imaginer avoir une place à vos côtés, mais je me suis réveillé et mon sang se glace à l'idée que vous me laissiez sur place. À chaque fois que je rêve de vous emmener planer, l'implacable réalité me ramène sur terre. Vous êtes trop belle, trop jeune, trop délicieuse, je n'arrive pas à m'y faire. Si pendant un instant je vous prenais dans mes bras, et que je vous cajolais, il me semble que ce serait du vol.

— Votre conscience vous tracasse car encore une fois vous pensez à ma place. Et si je le voulais, moi, que vous m'enlaciez... De quoi croyez-vous que j'aie envie ? De sortir tous les soirs et, jusqu'à plus soif, boire ? Sortir jusqu'au bout de la nuit et, aussitôt couchée, ressortir du lit ? M'imaginez-vous avec une foule d'amis, qui passent chez moi quand ils en ont envie ? Qu'à peine raccroché, mon téléphone se remet à sonner ? Et qu'entouré de cette clique, votre présence soit anecdotique ? Puisque je dois me confier pour qu'un peu vous vous débridiez, il n'est rien de tout cela. La fête, les sorties, les amis, rien ne me fait envie. Il n'y a pas besoin d'être plus de deux pour être heureux. Je ne mets pas dans l'ordre de mes priorités le goût pour la fête et la musique, j'ai juste besoin d'être rassurée, de fidélité, quelqu'un à qui un peu, aussi, me confier. Vos convictions ne sont que vieilles superstitions. Vous pensez que les filles veulent avant tout avoir dans les yeux des étincelles, qu'on les fasse monter au septième ciel. Pas une seconde vous ne me prêtez assez de maturité pour vouloir un homme lettré et cultivé. Quelqu'un qui sache me combler au quotidien avec des petits riens. M'étant épanouie à ses côtés toute une vie, quel mal y aurait-il à ce que je m'occupe de lui, si plus tôt que moi il vieillit ? Assise sur le lit, j'imagine nos soirées, lui au mur adossé. Et moi allongée, ma tête sur ses cuisses posée. Avez-vous idée comme on doit être apaisé dans ce sentiment de sécurité ? Vous me feriez la lecture, en ramenant sur moi les couvertures, pour que je ne prenne pas froid, et dans mes cheveux vous passeriez vos doigts. Doucement. Lentement. Au rythme des sonnets que vous me liriez. Je me laisserais glisser dans les bras de Morphée. Ma tête contre votre torse posée. Nos respirations synchronisées. Il n'y a pas de plus grand bonheur que je puisse évoquer. Il n'y a guère de vol, croyez-moi. Surtout quand vous saurez...

— Quand je saurai ? Vous m'intriguez. Ce ne doit pas être une chose importante. Je suis certain que vous exagérez. Un défaut chez vous ne serait pas risible, il vous rendrait encore plus irrésistible ! Dites-moi tout...

— Non. Oui. Enfin d'accord, mais pas aujourd'hui.

— La semaine prochaine ? Très bonne idée. Cela permettra à mon imagination de travailler. Rendez-vous au café, puis nous ferons une balade en lisière du bois ?

— Non, rendez-vous chez moi ! Vous viendrez à 16 heures prendre le thé. Puisque vous n'arrivez pas à faire le premier pas, à vous décider à m'inviter, je prends l'initiative et tant pis pour les conventions. Là. C'est fait.

*

La semaine d'après. Dans la main gauche, le papier que Roxane lui a laissé ; dans la droite, des financiers de la boulangerie du quartier. L'homme a fait le déplacement mais semble hésitant. Il se trouve face à trois barres d'immeubles de hauteurs vertigineuses, emmurant sur ce qui avait dû être un minuscule square pour enfants. Derrière toutes ces fenêtres, quelque part se trouve la belle. Ce petit bout de papier où son adresse est griffonnée le relie à elle. Il y est numéroté le code de la porte d'entrée. Timidité ou culpabilité, il ne se sent pas à sa place. Il va, il vient, devant chez elle, fait les cent pas. C'était donc cela son secret, elle habite les bas quartiers. Il sourit. Quelque part derrière ces murs se trouve le diamant le plus pur. Il pourrait la tirer de là et la garder rien que pour lui, jalousement, précieusement. Quelques boutons à presser et il se rendrait dans son appartement. Seul avec elle ? Il n'avait jamais imaginé qu'une fois dans sa vie il pourrait être avec une fille aussi jolie. Une belle qui l'aime comme au temps d'avant, où il était un jeune homme fringant. Au temps de sa jeunesse où l'avenir faisait de multiples promesses. Un temps si loin et si reculé. Du temps... il en avait fallu pour apprivoiser cette solitude. Elle n'était d'ailleurs plus une camarade si désagréable. Toujours prévisible, le laissant libre de toutes décisions. Une vieille amie, compagne des années qui passent. Quel tour lui jouait-elle aujourd'hui ? Un sentiment nouveau ? La peur de ne pas être à la hauteur ? À qui demander conseil dans une situation pareille ?

Seul au milieu du béton, des vagues d'immeubles. Comme perdu au milieu du Pacifique à chercher un poisson. Un poisson à mettre dans un bocal. Et toujours la même question qui lui revient : a-t-il le droit de faire ça ? L'heure est passée déjà, il est en retard. Sa confusion empire au fil des minutes qui passent, et la réflexion se transforme en craintes, en doutes. Il n'aurait jamais dû accepter. Devant la porte il reste figé, incapable de bouger. Il ne peut pas sonner, mais n'a pas non plus le cœur à s'en aller.

Au seizième étage de l'immeuble, du minuscule studio à l'unique fenêtre, la belle attend et regarde l'homme à travers ses carreaux. Quelques meubles usés, un vieux canapé, une télé, une table basse cassée poussée sur le côté. La toute petite prison qui trône au centre de la pièce est vide. Le petit garçon, de deux ans environ, se trouve dans ses bras. La tête appuyée contre la vitre, la buée accumulée a créé une opacité. D'une main, elle essuie la vitre. De l'autre, elle relève le bébé, pour lui donner un baiser. L'indécision de l'homme qui ne peut la voir la met au supplice. Ça lui a coûté de l'inviter, elle aimerait lui dire toute la vérité, lui livrer son secret, lui montrer son bébé.

Après un moment d'immobilité, l'homme tourne les talons et s'en va sans se retourner. La belle voudrait l'appeler bien entendu, mais trop tard, il a déjà disparu. Ses yeux gonflés d'humidité commencent à cligner, une larme coule le long de son nez.

*

Il avait longtemps hésité à changer de café. Une semaine s'était passée et retourner à cet endroit où d'habitude il la côtoie lui semblait mal avisé. Comment allait-il pouvoir justifier son absence de courage si jamais il la croisait ? Mille explications lui venaient, mais aucune n'avait de réelle crédibilité. Il sentait qu'il avait mal agi, vis-à-vis d'elle, mais aussi de lui. Pourquoi n'était-il pas entré ? Aujourd'hui il serait fixé ! Allait-il pouvoir retrouver une certaine sérénité après toute cette agitation sentimentale ? Comment ? Pas une seconde ne passait sans qu'à la belle il ne pense. « J'ai peur d'avoir fait une erreur, se disait-il, mais si je devais recommencer, arriverais-je à pousser la porte d'entrée ? » Il attrapa son café, le but et releva la tête. Christian lui faisait face. Il lui tendait une cigarette.

— Qui paie ses dettes s'enrichit. Permettez-moi de vous rendre ceci.

L'homme mit un moment à sortir de ses tourments. Il salua Christian, prit la cigarette, le remercia, et lui indiqua un fauteuil en signe d'accueil.

— Puis-je vous parler franchement, vous dire les choses sans prendre de gants ?

— Je vous en saurais gré, Christian, parlez ouvertement.

— Vous m'avez déçu. Avec votre courage superflu et les largesses de vos belles promesses. Le moment venu, vous vous êtes défilé, comme un petit écolier, un homme de peu de volonté. J'avais de vous une idée de noblesse, mais il n'en est rien, vos mots sonnent creux, et que moi vous ne valez guère mieux.

— Mieux ou pire, je ne sais quoi vous dire. J'ai manqué à mon devoir, et j'ai honte, pouvez-vous le croire ? Ce n'est pas l'envie qui m'a trahi. Face à cette porte, j'avais deux raisons qui mettaient mon esprit en confusion. Deux raisons, dont chacune est suffisante à elle seule.

— Ce sont deux de trop quand on vous sert un tel festin sur un plateau. Me feriez-vous l'amitié d'une confidence qui donnerait à votre comportement de la transparence ?

— Je vous le dois, je lui dois, et je me le dois bien aussi. Mettre à plat les vérités qu'on a refoulées aide souvent à démêler les peurs cachées des excuses qui y sont liées. Elle est si pure, si belle, que même au temps de ma jeunesse je n'aurais osé rêver d'une telle maîtresse. Il me semble que la toucher serait l'abîmer. Comme un flocon de neige qui voltige au gré du vent, mais qui, une fois le sol touché, disparaît. Mettre mes mains sur ses hanches, et mettre en cage un animal sauvage. Plonger ma tête dans son cou, et craindre que sur son visage ne s'affiche du dégoût. Sentir le parfum de ses cheveux et espérer qu'elle m'enlace un peu. Comment vous expliquer à quel point on peut aimer ? Jusqu'où va ce sentiment quand tout entier il vous prend. Être à la fois écrasé et transporté. Je ne sais pas aimer à moitié.

— Si elle vous a invité chez elle, ce n'est pas pour vous donner querelle. Prenez confiance. Laissez là votre méfiance. Vous vous privez volontairement de ce qui était acquis honnêtement.

— Vous ne comprenez pas. Il ne s'agit pas de moi ! J'aime si fort et si pleinement que je lui donnerais tout ce que j'ai, et tout ce que je n'ai pas. Mais c'est justement de ce sentiment-là que je ne la priverai pas. Quand bien même elle m'aimerait, moi. M'aimerait-elle aussi fort que ça ? D'un amour plus grand devrais-je la priver en devenant son amant ? À elle je ne cesse de penser, croyez-vous que je produise un tel effet ? Elle peut bien me prendre si elle le désire, et me rejeter à loisir. Quand une fleur commence à faner, il est illusoire de l'arroser. Je saurai me contenter du temps qu'elle voudra me donner. Mais je ne peux me faire à l'idée de lui enlever le grand amour que par ma faute elle ne pourra rencontrer...

— Vous êtes un drôle de personnage. D'une part, vous êtes focalisé sur votre âge. Comme si la jeunesse et la beauté étaient d'indispensables qualités. D'autre part, vous prenez pour réalité ce que vous imaginez. Pensez-vous sincèrement que toutes les femmes vivent des contes de fées ? Et que celles qui n'en sont pas gâtées s'en soient volontairement privées ? Pour trouver l'amour d'une vie, quel est le meilleur outil ? Le cœur ou la raison ? On dit souvent le cœur, car on s'enflamme, on aime avec passion. Cet amour que vous décrivez si bien, dans les livres que vous avez parcourus, combien de femmes l'ont réellement vécu ? Et surtout, surtout... combien de temps a-t-il tenu ? L'amour éternel du cœur fidèle, pour quelques réussites exceptionnelles, les échecs et les déceptions sont légion. Mais l'amour de la raison, dont beaucoup plus rarement nous discutons, évite les mystifications et dégage l'horizon. Il est moins intense mais sait prévoir les choses à l'avance. Il sait se solidifier dans la durée, car il est basé sur la réflexion de deux êtres qui veulent prendre la même direction. Sa beauté n'est pas au commencement, mais de s'épanouir au fil des ans. Il n'est pas aveuglé par l'émotion d'un plaisir immédiat, mais s'enorgueillit d'une longévité, d'un amour naissant qui se fortifie dans le temps.

— J'ai plaisir à vous écouter tant vous avez progressé en français. Les cours de Roxane ont été bénéfiques, votre façon de parler n'a plus rien de comique. En tout cas, je vous remercie pour vos encouragements. Qui l'eût cru ? Le beau Christian me donnant son consentement... et moi qui pensais que vous veniez m'éprouver.

— Éprouvé, vous le serez. Et vous n'imaginez pas à quel point ! Roxane est triste, c'est de vous qu'elle a besoin.

— Et vous ? Ne pouvez-vous rien pour son chagrin ? Ne me dites pas que vous n'avez jamais souhaité, si jamais elle vous le permettait, entrer dans son intimité ?

— Il est bien naturel que vous posiez la question. Sans détour et clairement j'y réponds. C'est comme une sœur, une amie, je l'ai connue quand nous étions petits. Elle ne m'a jamais pris au sérieux. C'est curieux, non ?

— Euh... non...

— C'est toujours elle qui choisissait si elle avait besoin de moi ou pas. Sur ce plan-là, c'est elle qui faisait la loi. Tantôt confident, tantôt copain. Tantôt amant, quand elle le veut bien. Mais ces derniers temps, elle a changé. J'ai compris qu'autre chose désormais elle cherchait. Les liens qui me lient à elle n'ont plus rien de charnel, je suis là uniquement pour veiller sur elle. Trop souvent ses amants ont abusé de sa naïveté. Lui promettant monts et merveilles. Profitant de ce que la nature l'a parfaitement dessinée, et la rejetant après avoir consommé. Après tant de manipulations, elle se sent à l'abandon. Elle a changé ses priorités. Elle a éconduit les jeunes séducteurs malintentionnés, et vers des hommes plus mûrs elle s'est tournée. C'est d'un sentiment de sécurité qu'elle a besoin. C'est d'un homme, pas d'un gamin.

— Arrêtez ! Vous me tentez... Vous me tentez tant ! Serait-il possible... ? Oserais-je imaginer qu'après une vie vécue, on la recommence du début ? Qu'on me rende vingt années sur un coup de dés ? Évitant tous les pièges et toutes les erreurs car on connaît la route par cœur. Reconstruire un empire quand hier on se sentait mourir. Bâtir si solidement et si durablement que je pourrais la mettre à l'abri, et avec un peu de chance tromper son ennui... Lui faire profiter de tout ce que je connais, lui donner tout ce pour quoi j'ai travaillé. Et à force de gentillesse, chaque matin pour qu'elle ne manque de rien, jusqu'au soir où je caresserai l'espoir qu'elle me donne un peu de tendresse. Ce courage qui me vient, Christian, que vous avez ranimé chez moi... Vous vouliez m'éprouver, vous n'avez réussi qu'à me galvaniser !

— Pour être éprouvé, vous serez éprouvé. Mais pas par moi. Et croyez-le, vous me regretterez à ce moment-là, souvenez-vous-en. Ce qui vous attend est bien plus fort que moi. Il ne négociera pas. Il ne laissera pas la place au doute. Il vous balayera d'un seul regard. Vous pensiez être éprouvé par notre rencontre ? Ce n'est pas l'ombre du commencement d'un doute. Roxane ne tolérera pas l'indécision. Quand vous aurez compris de quoi il s'agit, prenez-en votre parti ou sortez de sa vie. Vous avez les épaules larges et le cœur généreux, mais usez de votre raison quand la question se posera de faire de son foyer votre maison. Bon courage, monsieur. J'espère sincèrement vous revoir.

— Merci, Christian.

*

Quelques jours plus tard, seul au milieu des gigantesques murailles d'immeubles, l'homme fait de nouveau face à la porte de Roxane. « Combien d'hésitations, se dit-il, combien de tergiversations, pour une chose si simple. Sonner, entrer et se présenter. Je me suis fait une idée de ce qu'elle veut me cacher. Si la belle veut toujours de moi, il n'y a plus qu'un pas. Sonner, entrer et se présenter. Pourquoi tarder ? Pourquoi ici je m'enlise ? L'idée d'être seul avec elle me paralyse-t-elle à ce point ? Combien est-on désarmé quand une femme tient entre ses mains notre cœur serré... Si aucun mot ne me vient, si je me mets à bredouiller, si je sens ne serait-ce qu'une inflexion dans sa voix qui se moque de moi... Si, prenant un peu mes aises, je la sens mal à l'aise, que son regard se dérobe, je sentirai sur moi tant d'opprobre ! Si, pendant la discussion, ses amis arrivaient, pour moi quelle gêne atroce ! Tant de choses peuvent tourner mal qu'il n'y aurait pas d'échappatoire au final. Pris au piège chez elle, sans défense devant la belle. Avec ce secret qui n'en est pas un. Elle a dû croire que sa maigre situation m'avait fait rebrousser chemin. Quelle méprise, quand j'y pense. Moi, fuir à cause de sa dépendance ? Manquer d'argent n'est pas un secret, elle aurait dû plus tôt m'en parler. Il faut passer la porte, il faut que j'aille m'expliquer. Renoncer à mes sentiments n'est pas glorieux, mais renoncer à mon honneur serait honteux ! Qu'importe que la demeure soit grande ou petite, pourvu que ce soit la belle qu'elle abrite. Et puis, ma situation la sortira de sa condition. Cessons là toutes ces suppositions, je serai mieux quand je lui aurai dit que la taille de son logis n'entame pas mon appétit, que ma demeure est grande et belle et qu'elle en jouira à volonté. »

Mais soudain, Roxane apparaît.

— Bonjour.

— Euh... Roxane ?

— Oui. J'étais là, à vous voir faire les cent pas. Du haut de ma tour j'avais peur que vous ne fassiez demi-tour. À juste titre je le crains, la dernière fois j'ai attendu en vain. Je ne veux pas vous forcer la main, mais votre absence m'a donné du chagrin.

— Pardonnez-moi, Roxane. Quand on se projette, on a bien du courage, mais quand l'instant se présente, on cherche le virage.

— Oh... Je sais pourquoi, répond Roxane, songeant à son bébé. Vous avez deviné, et ce poids est trop lourd à porter. Christian vous l'a dit, maintenant vous savez quelle est ma vie...

— Il n'en a eu nul besoin, je sais me faire une idée sur tout un chacun. Et puis, la chose n'est pas si grave, il ne constitue pas pour nous une entrave. Qu'il soit petit est le dernier de mes soucis, songe l'homme à la taille du logis.

— C'est vrai ? Vous l'accepteriez ? J'avais si peur que cette idée vous effraie.

— Mais non. Qu'importe qu'il soit petit, j'accepte tout quand c'est de vous qu'il s'agit.

— Il est petit pour l'instant, mais il deviendra grand avec le temps...

— Je comprends. Quand on se projette dans l'avenir, on se bâtit toujours de beaux empires. Mais, dites-moi un peu, en êtes-vous propriétaire ?

— Bah, quelle question ! Bien sûr, nulle autre que moi !

— Et vous ne souhaitez pas en posséder un plus grand ?

— Bien évidemment, c'est dans l'ordre des choses. Comme je vous l'ai dit, on commence petit et, le temps aidant, on grandit.

— Cela a un coût, nous le savons. J'aimerais porter à votre attention que le moment venu, je pourrais apporter ma contribution.

— Ce n'est pas pour cela que je vous côtoie. Je suis indépendante. Préparée aux défis à relever ! De côté j'ai quelques sous...

— Le travail a dû être pénible, non ?

— Le travail ?

— Oui, donnez-moi des détails.

— Ma foi, je ne suis point du bétail.

— Oh, et puis que diable ! Cela n'a pas d'importance. Plus rien n'a d'importance, ni votre secret, ni votre studio, il faut que je vous dise ce que j'ai sur le cœur. (L'homme doit lui parler de sa demeure, qui permettra à la belle de quitter son petit logis.) Permettez-moi de vous faire part d'une chose. Une chose dont je dispose. Je ne veux pas être présomptueux mais j'aimerais passer aux aveux. Je ne suis pas homme à faire étalage de mes qualités et de ce que je possède. Je suis quelqu'un de sage, avec la discrétion pour seul remède. Mais puisque, aujourd'hui, c'est utile à la conversation, vous faire part de certaines choses serait de bon ton. Je connais votre secret et n'en suis point troublé. Connaître le mien vous fera du bien. Je sais que vous m'appréciez pour diverses raisons, ajoutez celle-ci : j'ai compris votre situation, la mienne est de fort belle dimension.

— ... Ah ?... Je... d'accord... Je ne m'attendais pas à parler de ces choses-là, mais pourquoi pas...

— Oh, bien sûr, tout seul, je n'en ai pas l'utilité, mais ce serait différent avec vous à mes côtés.

— ... Probablement...

— Vous pourriez en prendre possession, et en jouir plus que de raison !

— ... Vous allez vite en besogne, nous nous connaissons à peine...

— Vous n'imaginez pas sa taille ! Vous verrez, quand vous l'aurez sous le nez, vous en resterez bouche bée !

— C'est déjà un peu le cas.

— Et encore, attendez de la toucher du doigt. Il y a quelques mois, je l'ai fait enregistrer chez le notaire.

— Chez le notaire ?

— Il faut bien un homme de loi pour tout enregistrer. Tout y a été mesuré, répertorié et consigné. Il a dressé une sorte d'état des lieux, pour me protéger et m'instruire au mieux.

— Vous protéger de quoi ?

— Des insectes, par exemple.

— Des insectes ? Ça par exemple... !

— S'ils grignotent la base de la structure, c'est tout l'édifice qui part en déconfiture...

— J'ignorais. Il faudrait quand même un certain manque d'hygiène pour causer une aussi terrible gêne.

— Puis sur une carte il m'a expliqué, avec schéma sur le papier, les différentes positions, et les risques d'inondation.

— Oh ! Des inondations ? À ce point-là !

— Laissons là tous ces points administratifs, je crains d'avoir eu un discours trop hâtif. Je brûlais tellement d'impatience de vous en parler que peut-être quelques étapes j'ai sauté. Je bous d'impatience de tout partager avec vous. Cette vie de labeur n'aura pas été vaine, puisque je vous ferai profiter de mes bourses pleines. Si vous n'êtes pas contre les projets dont je vous ai parlé, voulez-vous que présentement je vous la montre ?

— Je crois ce que vous dites, mais ce n'est pas le lieu de me montrer votre...

— Ce sera vite fait, vous saurez ce qu'il en est.

— Je crois vos aveux, et j'attendrai pour voir votre...

— C'est uniquement pour vous satisfaire que je voulais vous présenter l'affaire.

— Je comprends votre requête, inutile de sortir votre...

— Qui vous parle de sortir ? Je vous parle justement de rentrer !

— Eh bien, justement, nous sommes dans la rue et je ne suis pas à mon aise. Prenez d'autres dispositions si vous voulez que l'on... Oh ! Et puis, monsieur ! Vous vous égarez ! Je ne suis point ce genre de femme de petite vertu, qui accompagne sans avoir un minimum été entretenue. Je prends maintenant de vous congé et je vous invite là-dessus à méditer.

*

Christian se présente chez Roxane, le sourire aux lèvres.

— Chère amie, je suis heureux que vous m'ayez appelé. J'étais d'ailleurs sur le point de venir, mais il me fallait une dernière information quérir. J'apporte de fort bonnes révélations. Mais, que me vaut cette mine déconfite, alors que je m'apprête à vous livrer les secrets d'une vie ?

— La déception. La désillusion. Encore une fois je me suis trompé. L'homme dont je ne voyais que les qualités est en fait d'une vulgaire banalité. Il est grossier, s'il n'en a pas les traits, et montre un tel empressement pour certaines choses que je n'entends même plus sa prose. Ce qui me charmait chez lui s'en est parti. Cette impatience qui l'a pris a consumé mon envie.

— Je n'en crois pas un mot. Ce n'est pas possible. J'ai mené mon enquête, il est honnête, je vous le répète. La ville ne tarit pas d'éloges sur lui. J'ai consulté les commerçants et rien qu'en le décrivant chacun savait de qui je parlais. Les gens ne sont pas loquaces au premier abord, mais habilement je me renseignais sans en avoir l'air, prétendant que c'était un oncle, ou un cousin éloigné. La première réponse qu'ils m'ont tous donnée, cette chose pour laquelle il est connu, est cette demeure qu'il possède. Elle est immense, paraît-il, elle occupe tout le coin de la rue. Pour avoir le cœur net, je m'y suis rendu. Et pour l'avoir vue de mes yeux, je vous garantis qu'elle doit faire des envieux.

— Une immense demeure, dites-vous ? Oh... méprise fatale...

— Et ce n'est pas tout, l'homme fait partie de diverses associations, il donne sans compter ! On raconte tant d'histoires sur sa générosité qu'on ne sait plus discerner ce qui est vrai de ce qui est exagéré. Et c'est sur vous que son regard s'est posé ! N'est-ce pas inespéré ?

— Me connaissez-vous si mal que vous me preniez pour une femme vénale ?

— Point du tout ! Je suis juste content pour vous. Vous ne l'avez pas courtisé pour son porte-monnaie mais pour son esprit, puisque vous ignoriez sa fortune, jusqu'ici. C'est la providence qui vous envoie un homme avec une telle aisance. Il y a même des rumeurs qui courent, mais dois-je les colporter à mon tour ? Il donne... Il donne, et pas que de l'argent.

— Soit. Il donne de son temps ?

— Probablement aussi. Mais... comment dire ? Il donne de sa personne.

— Le bénévolat est une noble pratique.

— Non, pas tout à fait. Il donne de sa personne physiquement, je veux dire...

— Un donneur d'organes ? Oh, mon ami... Qu'y a-t-il de plus généreux que de donner sa propre chair pour sauver des vies !

— Ici, en l'occurrence, il s'agit de donner non pas pour sauver des vies, mais pour donner la vie...

— Ça vous fait sourire, hein, vous ?

— Non, je suis juste rassuré sur ses capacités physiques, c'est tout.

— Cet homme n'a donc aucun défaut ?

— Aucun... aucun... c'est vite dit. Il n'a plus l'âge de sauter à pieds joints sur le lit. Mais puisqu'en connaissance de cause vous l'avez choisi...

— Et puisqu'il connaît mon secret... Il est d'ailleurs resté on ne peut plus discret sur le sujet.

— Ah ! Vous lui avez dit... C'est bien.

— Je n'ai nullement eu à aborder le sujet puisque vous lui en aviez déjà parlé.

— Mais je n'ai jamais rien dit. Je ne me serais jamais permis.

— Bah... alors ? De quoi parlions-nous ? Est-il possible d'avoir une conversation sans que personne ne prête à l'autre d'attention ? Où chacun emmuré dans son sujet ne lève les yeux pour comprendre mieux ? Nous avons supposé une telle complicité que nous nous sommes tous les deux fourvoyés. Voilà où nous a menés l'excès de pudeur.

— La pudeur... J'en connais quelque chose.

— Bien sûr. Et c'est avec pudeur que vous vous êtes enquis de sa demeure. Et toujours avec pudeur que vous avez demandé où la vie il allait donner...

— ... C'est une rumeur...

— Au fond, cela n'a pas d'importance, rumeur ou leurre. C'est peut-être mieux ainsi. C'est même sûrement mieux ainsi.

— Il s'agit d'un quiproquo... Vous expliquer avec lui il faut.

— Et pour lui dire quoi ? Que voulez-vous qu'il trouve chez moi ? Il n'y a que dettes et tracas. Je ne peux penser à demain ou au-delà. Vous connaissez tout de mon quotidien. Que je compte ma monnaie pour acheter le pain. Que je cours sans cesse les dons, que je me nourris grâce aux associations. Pour vivre, c'est l'État qui me verse une pension. Jusqu'aux pièces de cuivre je fais attention. Savez-vous dans quel état d'esprit on est quand l'argent à peine rentré est aussitôt dépensé ? Un enfant a besoin de couches, de lait, de vêtements... Il faut trouver des trésors d'imagination pour l'élever décemment. Alors je souris, je parade et je me montre forte en société, mais ce chagrin et ce poids qui me minent une fois rentrée, je les cache pour éviter qu'on s'apitoie. Il y a une telle fatigue au fond de moi... Éreintée de la journée, je ne me couche pas en rêvant, j'angoisse jusqu'au soleil levant. Est-ce cela que j'ai à offrir ? Une femme exténuée et un bébé à nourrir... ? Il est bon, honnête et beau, et moi j'irais lui imposer un tel fardeau ?

— Le prendriez-vous s'il était sans le sou ? Et qu'il venait faire sa demande à genoux ?

— Je donnerais tout ce que j'ai pour partager ma vie avec un homme qui a autant de cœur que d'esprit. Dîner en face de quelqu'un, sur son épaule éponger mon chagrin, cuisiner pour deux plutôt que pour un, et ne plus voir défiler les jours en vain.

— Depuis trop longtemps vous vous torturez l'esprit. Ne vous départez pas maintenant de votre courage et confiez-vous à lui. Dites-lui les choses telles qu'elles sont, et soyez fixée sur ses intentions. Roxane, mon amie, ne présagez pas ce qui peut arriver. Parlez-lui simplement, et vous verrez... S'il vous avait dès le début avoué son amour...

— Eh bien, cette histoire n'aurait jamais vu le jour... !

— Au revoir Roxane. Comme dit Cyrano : « Ton nom est un grelot qui sonne... »

— Je ne suis pas sûre que ces mots soient dans le bon ordre, mais la référence est bonne.

*

L'homme est assis dans un fauteuil, seul, immobile. Quelle heure peut-il bien être ? Il a regardé l'horloge en se levant, mais son esprit embrumé n'a pas retenu l'heure. Depuis combien de temps est-il assis là ? Le soleil est déjà haut dans le ciel. Tout est immobile, silencieux. Dès son levé, il avait pris la direction du salon, et depuis il n'a pas bougé. Il est là, telle une statue, sans désir, sans volonté, sans appétit. Il n'a jamais sauté un repas, encore moins deux de suite. Il n'a pas faim, son cœur lourd s'est détaché et est tombé dans son ventre. La perte de Roxane ne lui fait pas comprendre qu'il est seul, mais qu'il a toujours été seul. Toujours. Cette prise de conscience le terrasse. Il repasse le fil de sa vie d'avant Roxane pour essayer de se raccrocher à quelques habitudes, mais le vide se fait de plus en plus grand. Depuis le décès de sa femme, il s'est écarté de tout et de tout le monde. Il a mis en gérance ses sociétés pour ne plus avoir d'obligations, et le temps d'un deuil s'est éternisé en une habitude de vie. Personne n'est venu le chercher. Ses amis, respectant d'abord son désir de solitude, ont fini par l'oublier. Et, petit à petit, il s'est emmuré tout seul dans cette solitude dont il prend aujourd'hui conscience. Bien que loin de l'âge de la retraite, il vit comme un vieux. Aller chercher le pain, quelques commissions, lire le journal, se coucher tôt, et le lendemain recommencer. Doit-il aujourd'hui reprendre cette vie si vide ? Pour quoi faire ? Il reste là dans son fauteuil, essayant de trouver une raison de faire quelque chose, n'importe quoi, mais tout ce qu'il envisage lui semble dérisoire. Il n'a plus goût à rien. Ni manger, ni sortir, ni lire, rien ne réussit à ranimer son esprit ankylosé. Chaque petit plaisir que ses souvenirs vont chercher pour le sortir de cette léthargie le met davantage face à l'inutilité de sa vie. Une vie sans but. Sans plaisir. Une vie pour quoi faire ? Une vie pour ne rien faire ! Quel remède à ce désespoir ? Aucun. Aucun à part d'y mettre fin. Il pense à la mort, il sait bien qu'il manque cruellement de courage pour y songer sérieusement. Celle-ci mettra du temps à venir le chercher. Même la mort ne veut pas de lui. Il est trop jeune pour mourir, trop vieux pour vivre, que lui reste-t-il ? L'attente. Une interminable attente jusqu'à ce que ses jours sombres se soient épuisés dans de vains gestes futiles du quotidien. Enfin la délivrance viendrait, dans l'indifférence générale. Qui le pleurerait ? Qui remarquerait son absence ? Que laisserait-il derrière lui ? On ne dirait pas de mal de lui, certainement pas ! « C'était un homme honnête », diront ses collègues. « D'une grande courtoisie », ajouteront les commerçants du quartier. « Un gentleman, assurément », penseront-ils tous. Tous ces étrangers, tous ces gens qui l'ont côtoyé sans le voir. Tous ces petits juges de quartiers qui prétendent savoir ce qui est convenable ou ne l'est pas. Que savent-ils de lui ? Et que lui importe leur opinion ? C'est d'ailleurs leur faute s'il est malheureux et seul. Personne ne vient s'enquérir de sa santé, mais dans son dos, tous disent qu'il est pâle. Car pour critiquer, les gens savent critiquer. Ils ne font que ça ! Au moindre faux pas, ils ne manquent pas une occasion, ils répètent, ils déforment, ils exagèrent, ils colportent et amplifient, tout est répété dans l'unique but de faire parler et de critiquer. Un hochement de tête passe du bonjour au mépris, du mépris à l'injure, de l'injure à la querelle. Les vieilles histoires s'en mêlent et toujours quelqu'un a quelque chose à ajouter pour étayer les dires malveillants et alimenter le flot des ragots. La flaque devient un lac, la méprise devient rumeur, le sourire devient moqueur, et les gens sont satisfaits de se retrouver sur un sujet de conversation. Tant pis pour le bouc émissaire, l'intérêt du verbiage collectif vaut bien quelques sacrifices. Quel plaisir leur aurait-il donné s'il s'était montré au bras de la belle ? Les commérages seraient allés bon train. Toute la ville n'aurait parlé que de ça. Mais il ne leur donnera pas ce plaisir. Ces médisants ne sauront jamais à quel point il aurait pu être heureux.

Une sorte de colère sourde qui venait du fond de ses entrailles commence à émerger. Ces bien-pensants vont le juger honorablement car il s'est bien conduit. Aucune importance s'il a passé une vie de malheur, tant qu'il respecte les conventions. Mais qui sont-ils pour lui imposer leur diktat ? Vaut-il mieux être heureux et faire des jaloux, ou malheureux et respectable ? Va-t-il se laisser dicter sa conduite par le qu'en-dira-t-on ? Cette colère nouvelle a réveillé ses sens. De quel droit ces méprisants le privaient-ils d'être heureux ? Et de quel droit Roxane l'écartait-elle sans qu'il ait eu le temps de se déclarer ? Elle qui partage sa passion pour la littérature, le théâtre, et les mots, elle l'a empêché de s'exprimer.

Tandis que son esprit sort doucement de la brume, ses idées se mettent en place. Les codes de sa jeunesse ont changé, certes, mais il reste sur une sensation de frustration. À l'époque, quand on faisait la cour à une demoiselle, elle attendait que vous vous déclariez pour vous éconduire. Enfin il met le doigt sur la cause de son mal-être : l'incertitude. Il n'a pas eu le temps de déclarer ouvertement sa flamme. Il perçoit de régulières secousses dans son thorax, son cœur ne se contente plus d'alimenter son cerveau, mais c'est tout son être qui se réchauffe. Il ne doit plus se contenter de penser, il faut agir. Est-ce une dernière chance qu'il entrevoit là ? Ou bien veut-il juste avoir des certitudes, car il est préférable d'entendre non que de ne rien entendre du tout ?

Sans s'en rendre compte, il s'était levé et faisait les cent pas dans son salon. La décision est prise, il ira parler à Roxane. Il organise ses idées ; lui qui aime tant les mots se doit d'être concis, mais complet. Il ne faut rien oublier, lui expliquer clairement à quel point elle lui plaît. La persuader qu'aucune entrave matérielle ne peut se mettre sur son chemin. Et surtout la convaincre de la fureur, de la sincérité de ses sentiments. Les mots se bousculent. Une idée en chasse une autre, une raison en complète une autre. Toutes les justifications qui le rendent amoureux se percutent dans son esprit désormais en ébullition. Plus il pense à elle, plus il trouve de raisons de la rendre heureuse, toujours elle, rien qu'elle. Son bonheur à lui ne dépend que de son bonheur à elle. Il le sait maintenant. Il a tant de choses à lui dire, trop de choses d'ailleurs, son front est en sueur, sa chemise lui colle au corps. Il sent la fièvre amoureuse le gagner, cette fièvre d'adolescent, celle qui vous empêche de penser à quoi que ce soit d'autre qu'à l'être aimé. Le téléphone sonne et le fait sursauter.

Les sonneries retentissent dans le salon tandis qu'il regarde l'appareil avec mépris. Rien ne le ralentira dans son élan. L'après-midi est bien avancé, il faut faire la synthèse de sa déclaration, être complet sans être exhaustif. Être touchant. Être vrai. Dans sa tête il déplace chaque virgule, cherche les meilleurs synonymes, inverse le plan des idées, puis revient à la version précédente. Il se répète encore et encore son discours. Le téléphone a-t-il sonné de nouveau ? Peu importe, après une vie d'apprentissage et d'adoration des mots, il va se présenter à l'oral final. Il se regarde dans le miroir et a un moment de découragement. Son physique le ramène à sa différence d'âge avec la belle. Son sombre costume terne le vieillit et cette agitation sentimentale l'a éprouvé autant qu'un marathon. Ses traits sont tirés. Son visage, fatigué. Roxane aime son intelligence, il se raccroche à la force de sa déclaration, à la justesse de ses mots, à son éloquence. Peu importe le physique quand on parle avec le cœur. Le téléphone sonne-t-il de nouveau ? Non, c'était la porte d'entrée. D'un pas rapide, il se hâte d'aller expédier l'indésirable. Il ouvre la porte et se trouve face à face avec Roxane.

Il lui faut quelques secondes pour qu'il comprenne et admette la situation. Roxane est sur le pas de sa porte, elle tient dans ses bras une enfant de deux ans. La situation lui paraît si irréelle qu'il reste figé, avant de sortir de son trouble. Il veut dire quelque chose, mais rien ne vient. Lui, le champion des mots, n'en a pas un à prononcer. Maladroitement il s'écarte de la porte et d'un geste de la main les invite à entrer. Au passage, l'enfant plonge ses deux grands yeux dans les siens. Tout son être se met à vibrer, il doit désormais lutter pour dissimuler l'émotion qui le submerge. Si un mot parvenait à se détacher et à trouver le chemin de sa gorge, il serait étouffé tant celle-ci est serrée.

D'un mouvement presque mécanique, il tend les bras et se saisit de l'enfant. Il est le premier surpris par sa propre réaction, l'enfant lui rend son sourire, les larmes lui mouillent les yeux. Son regard croise celui de Roxane, qui semble soulagée et que l'émotion empêche de parler. Lui qui avait toujours prêché les mots pour toutes les situations doit se rendre à l'évidence qu'ici, ils sont de trop. Aucun mot ne peut décrire le bonheur qui est le sien. Un mot, une syllabe, une onomatopée aurait abîmé la perfection de l'instant, et il referme tout doucement la porte de la maison sur sa nouvelle vie.

Table des matières

Achevé d'imprimer par
Dupliprint (95) en mai 2022
N° d'impression : 2022050583

Dépôt légal : avril 2022

Imprimé en France